AUF DER JAGD!
MEMOIREN EINES RÄCHERS

ROMAN

VON

AKIF TURAN

Herstellung und Verlag: BoD - Books on Demand,
Norderstedt
ISBN: 978-3-7526-2906-4

Natürlich würde ich auch viel lieber meine Freizeit damit verbringen, in einem ruhigen Kaffeehaus zu sitzen, meinen schwarzen Verlängerten zu trinken und dazu eine Zigarre paffen. Oder ich würde es mir zu Hause vor dem Fernseher gemütlich machen und meine Snacks zu meinen Serien und Filmen futtern. Ich könnte aber auch viel Zeit im Fitnessstudio verbringen oder mit der attraktiven Supermarktangestellten flirten, die mir so sehr gefällt.

Ich könnte ins Kino gehen oder einfach einen ruhigen Spaziergang irgendwo machen.

Es gäbe so vieles, das ich in meiner Freizeit hätte machen können, auf die ich jedoch verzichten muss.

Trotz all diesen vielen Dingen, die ich hätte machen können, tue ich stattdessen etwas vollkommen anderes.

Denn in meiner Freizeit, gehe ich auf die Jagd.

Damit meine ich nicht die Jagd auf irgendwelche wilden Tiere. Nein, damit meine ich die Jagd nach dem Abschaum dieser Welt. Doch bevor ich mich überhaupt auf die große und weite Welt hinaus begeben kann, kümmere ich mich vorerst um den Abschaum des Landes, in dem ich lebe. Und hier gibt es mehr als genug davon.

Mit dem Abschaum meine ich all die Kreaturen, die getarnt als Menschen sich frei unter uns bewegen und die selbe Luft einatmen wie wir Menschen.

Diese Kreaturen sind Vergewaltiger, Pädophile und Kinderschänder, Tierquäler, Sich an gebrechliche Personen vergreifende, Frauenschläger und für weitere Gräueltaten verantwortliche Bastarde, die auf unserer Welt nichts verloren haben. Der einzige Ort, wo sich Kreaturen wie die aufhalten sollten, sollte einzig und allein die Hölle sein. Und ich sorge eben dafür, dass sie auch genau dort landen, nachdem ich mit ihnen fertig geworden bin.

3

Ich wünschte, ich müsste das nicht tun. Ich wünschte, dass unser Justizsystem sie für ihre schrecklichen Taten auch gerechtfertigt bestraft und damit für Gerechtigkeit sorgt. Ich wünschte, dass all das überhaupt nicht stattfinden würde. Doch so ist leider nunmal. Es findet statt und zwar Tag für Tag. Und es passiert leider auch, dass die Täter, trotz handfester Beweise wieder, meist ohne die kleinste Strafe, freikommen. Und weil es genau diese letzten zwei Dinge gibt, muss es auch meinen Einsatz geben.

Es macht mir ja nicht einmal Spaß, das was ich tue. Aber wenn ich es nicht tue, tut es sonst niemand. Das Gericht versagt leider. Das Justizsystem versagt. Die Täter kommen frei und können mit ihrem Verbrechen weitermachen. Denn sie wissen, es kann ihnen nichts geschehen. Sie wissen, dass sie wieder freikommen. Sie wissen, dass sie dafür nicht gerechtfertigt bestraft werden. Deswegen hören ihre Gräueltaten niemals auf. Daher habe ich es mir - unfreiwillig, denn ich fühle mich dazu gezwungen, weil die Richter ihren Job nicht anständig ausüben und die gerechten Strafen verteilen - zur Aufgabe gemacht, all diese Kreaturen einen nach dem anderen zu jagen und sie angemessen für ihre Verbrechen zur Rechenschaft zu ziehen.

Und ich werde, so wie es aussieht, bis an mein Lebensende damit weitermachen.

Die Menschen haben bereits von meinen Taten gehört. Die Medien haben einiges darüber veröffentlicht. Natürlich bin ich für die Medien der Buhmann. Für die bin ich der Böse, weil ich die eigentlichen Täter aus dem Weg räume. Sie betonen immer wieder, dass Selbstjustiz keine Lösung ist, aber ich denke hier anders. Denn, wie ich bereits erwähnt hatte, kommen diese Bastarde ungeschoren davon und stolzieren weiter herum und tun so, als wären sie vollkommen unschuldig, während sie in Wahrheit bereits darüber nachdenken, wer ihr nächstes Opfer

4

sein sollte.

Doch damit muss endgültig Schluss sein. Ich möchte nicht länger tatenlos zusehen, wie diese Kreaturen ein unschuldiges Leben nach dem anderen auslöschen und dadurch alles, was ihre Opfer betrifft, zerstören. Ihre Familien, ihre Welten. Wenn dass Justizsystem nicht korrekt und angemessen handeln kann, dann werde ich die Sache eben selbst in die Hand nehmen und versuchen, die Welt ein wenig besser zu machen. Denn je weniger es von diesem Abschaum gibt, umso besser wird es der restlichen Menschheit ergehen.

Einige finden es in Ordnung, was ich tue. Für sie bin ich so etwas wie ein Held. Doch ich selber sehe mich nicht als einen Helden. Das tat ich nie. Denn um Held sein zu können, muss man Leben retten. Ich hingegen kann die Opfer nicht retten. Sie sind bereits längst tot. Alles was ich dann tun kann ist, deren Mörder beziehungsweise Folterer ausfindig zu machen, sie zu jagen und zur Strecke zu bringen. Nein, ein Held bin ich keineswegs.

Womit ich auch bei den Menschen wäre, die das genau so sehen. Für sie bin ich ein Serienmörder, der unbedingt aufgehalten werden muss. Sie sind der Meinung, dass ich die Bestrafungen, dem Gericht überlassen sollten. Dass ich die Täter der Polizei überlassen sollte.

Für diese Menschen, bin ich ein sehr gefährlicher und teilweise auch ein böser Mensch.

Nun, im Grunde ist es mir egal, wie die Menschen über mich denken. Es ist mir egal, ob sie mir zujubeln oder mich ausbuhen.

Ich bin der Meinung, dass ich das Richtige tue. Denn es ist niemals falsch, einem wahren Verbrecher, von dem man mittels vorgelegten Beweisen zu einhundert Prozent weiß, dass er der Schuldige ist, aber dennoch, aus irgendwelchen

Gründen, freikommen konnte, die gerechte Strafe zu erteilen. Ich tue das für deren Opfer. In den nächsten Seiten, werde ich verraten, wie ich all die kranken, perversen und psychopathischen Bastarde zur Hölle geschickt habe.

So krank und gestört wie die alle sind, so dumm sind sie auch. Doch das kommt mir wiederum sehr gelegen.

Denn viele von diesen abscheulichen Kreaturen, prahlten in den sozialen Medien von ihren Verbrechen. Sie veröffentlichten Bilder, Videos und Texte, in denen sie der ganzen Welt preisgaben, welch Unheil sie angerichtet hatten. Da gab es welche, die grauenhaften Folter und Mord an Tieren, die sie ihnen auf eine sehr bestialische Art und Weise zufügten, stolz präsentierten. Oder sie berichteten davon, wie sie die Tiere vergewaltigt hatten und boten die Tiere sogar an weitere kranke Bastarde an, die diese Tiere ebenfalls missbrauchen wollten. Andere wiederum prahlten damit, wieviele Frauen, aber auch Kinder sie bereits vergewaltigt und missbraucht hatten. Die Fotos und Videos waren schrecklich und so entsetzlich, dass man deren Inhalte gar nicht in Worte fassen kann. Die Texte dazu, die Überschriften, die diese Kreaturen dann noch dazu machten, verliehen dem Ganzen einen noch abscheulichen Ausdruck.

Und so viele Pädophile kranke Bastarde waren aufzufinden. Und noch vieles mehr. Einfach nur schreckliche und unaussprechliche Dinge, die sie allesamt veröffentlichten. Doch, wie bereits erwähnt, kam mir all das sehr gelegen, da ich sie dadurch umso schneller ausfindig machen und umso schneller zur Hölle schicken konnte.

Bisher konnte man nicht herausfinden, wer ich bin und wer derjenige ist, der sich einen Schwerverbrecher nach dem anderen holt. Doch jetzt, wo ich richtig untergetaucht bin und die Jagd zu einem Vollzeitjob gemacht habe und ich somit vielleicht selber dabei sterben könnte, kann ich sehr wohl verraten, wer ich bin.

Ich bin der, der für Gerechtigkeit sorgt. Ich bin der, der den Verbrechern die Strafe erteilt, die sie auch tatsächlich verdient haben. Ich bin der, der die Welt von all dem Abschaum befreit um sie zu einem besseren Ort zu machen. Ich bin der, der den Menschen wieder Hoffnung gibt, dass Verbrecher angemessen bestraft werden. Ich bin der Albtraum dieser Kreaturen.

Ich bin die Stimme der Toten, die durch die schmutzigen Hände dieser Bastarde auf eine meist brutale Art und Weise sterben mussten.

Ich bin der Beauftragter der Toten.

Ich bin deren Rächer.

Ich bin Kerem Toprak.

JAGD NR. 1:

Es fing alles damit an, als ich davon hörte, dass ein neunzehnjähriges junges Mädchen, ein Nachtclub verlassen hatte, nachdem sie ordentlich mit ihren Freunden gefeiert hatte und gerade auf dem Weg nach Hause war. Sie hatte schon einiges an Alkohol intus und wollte mit größter Wahrscheinlichkeit einfach so schnell wie möglich nach Hause und sich in ihr warmes Bett legen. Sie war alleine in ein Taxi eingestiegen und gab dem Fahrer ihre Wohnadresse, der nichts anderes tun sollte, als sie sicher nach Hause zu bringen. Doch der ursprünglich aus Syrien stammender vieronddreißig Jähriger Taxifahrer, hatte natürlich sofort bemerkt, dass ein junges Mädchen alleine und betrunken in sein Fahr-zeug eingestiegen war. Laut den Aussagen des Mädchens vor Gericht, konnte sie sich nur vage daran erinnern, dass sie sich während der gesamten Fahrt ganz normal unterhalten hatten. An viel würde sich nicht erinnern. Und auch nicht an das gesamte Gespräch.

Sie gab zudem noch an, dass sie keinerlei Gefahr witterte oder das kleinste Gefühl hatte, Opfer einer sexuellen Attacke werden würde. Sie meinte, dass es vielleicht daran liegen könnte, weil sie viel zu viel getrunken hatte um überhaupt etwas ordnungsgemäß wahrnehmen zu können beziehungsweise, weil der Fahrer bei ihr einen sehr freundlichen, netten und vertrauenswürdigen Eindruck hinterlassen hatte. Sie wusste es nicht mit Sicherheit.

Alles woran sie sich, laut ihren eigenen Aussagen, erinnern konnte, war die schreckliche Tat, die ihr widerfahren ist, sobald sie zu Hause, in ihrer Singlewohnung, angekommen war.

Sie konnte sich nich recht gut daran erinnern, dass der Taxifahrer bis hinauf in ihre Wohnung begleitet hatte und sie den gesamten Weg bis dorthin am Arm festgehalten und sie somit gestützt hatte, damit sie auch wirklich sicher in ihrer Wohnung ankommen konnte. Sie kam auch zwar sicher in ihrer Wohnung an, aber innen drinnen, war es dann alles andere als sicher für sie gewesen.

Der Taxifahrer hatte sich sofort auf sie gestürzt und sich an ihr vergangen. Nachdem er mit seiner sexuellen Nötigung fertig geworden war, soll er ganz schnell die Wohnung verlassen und sein Opfer, komplett nackt, auf dem Bett zurückgelassen haben.

Doch das Gericht hatte ein Problem mit dieser Geschichte. Denn die Aussagen des Mädchens stimmten nicht mit denen des Taxifahrers überein. Er soll nämlich behauptet haben, dass sie ihn dazu gedrängt hatte Sex zu haben und, dass das einzig und allein ihr Vorschlag gewesen war. Laut seinen Aussagen, habe sie mit ihm ständig geflirtet und gewisse Signale versendet und ihn damit verführt. Er soll sogar noch Anfangs abgelehnt haben, hätte sich jedoch am Ende doch dazu überreden lassen sie bis zu ihrer Wohnung zu begleiten und mit ihr Sex zu haben. Als der Richter wissen wollte, ob er nicht gemerkt hätte, dass sie betrunken gewesen war, soll er mit einem schlichten Nein geantwortet haben. Er wusste nicht, dass sie betrunken gewesen war und verhielt sich auch nicht so. Sie kam ihm sehr munter vor und Anzeichen von Alkoholmissbrauch oder ähnliches konnte er bei ihr nicht erkennen. Er beharrte darauf und sagte immer und immer wieder, dass es ihr Vorschlag gewesen war.

Der Richter fragte natürlich das Mädchen, ob die Aussagen vom Taxifahrer wahr sein könnten, doch das Mädchen wirkte viel zu verwirrt um eine klare Antwort auf seine Frage geben zu können. Denn sie war tatsächlich sehr betrunken gewesen und konnte sich nicht an alles, was in jener Nacht geschehen ist, erinnern. Und genau das sorgte bei dem Richter für Unsicherheit und er gab dadurch dem Taxifahrer recht und ließ ihn frei.

Das Mädchen und ihre Angehörigen waren selbstverständlich empört gewesen.

Auch die ärztliche Untersuchung, die bestätigte, dass sie zum Opfer eines Vergewaltigers wurde, konnte das Gericht nicht überzeugen, weil das Paar eventuell einen etwas wilden Sex gehabt haben könnte. Daher war dieser ärztlicher Bericht nicht aussagekräftig genug.

Es war nichts zu machen. Der Täter kam, ohne jegliche Strafe, wieder frei und durfte weiter als Taxifahrer arbeiten, während die Welt eines jungen Mädchens in sich zusammengefallen war.

Das verursachte bei mir eine enorme Gefühlsansammlung an Wut und Hass, sodass ich nicht mehr schlafen konnte.

Ich musste ständig daran denken, wie das sein konnte. Da begeht jemand eine große Straftat, verübt ein scheußliches Verbrechen und kommt ungeschoren davon? Das Gericht und all die sogenannten Gesetzeshüter schauen einfach zu? Das ist ihnen allen egal?

Mir war diese Sache nicht egal und ich wollte hier nicht einfach zuschauen, wie ein Verbrecher einfach so davon kommt. Und auch wegschauen wollte ich nicht.

Ich musste einfach etwas unternehmen. Ich musste eingreifen. Das hatte ich gefühlt. Das hatte mich sehr gequält und es wollte mich nicht in Ruhe lassen.

Bis ich mich letztendlich doch noch dazu entschlossen hatte, einzuschreiten und auf die Jagd zu gehen. Denn es hatte mich dazu gedrängt.

Also fing ich an diesen Taxifahrer ausfindig zu machen und ging sofort an die Arbeit. Ich suchte im Social Media nach ihm und versuchte ihn auch über sein Taxiunternehmen irgendwie zu erreichen. Das alles war vollkommen neu für mich, weswegen ich zu Beginn nicht genau wusste, wie ich am Besten vorangehen sollte. Doch mit der Zeit hatte ich es gelernt, sodass ich, nach so vielen Einsätzen, direkt für irgendwelche Sicherheits-, beziehungsweise Strafverfolgungsbehörden arbeiten sowie für Geheimdienste arbeiten könnte.

Übung macht eben den Meister.

So wurde ich mit der Zeit und mit vielen Erfahrungen zum Jagdmeister.

Nur jagte ich eben keine wilden Tiere, sondern Kreaturen in Menschenform.

Nachdem ich also den syrischen Taxifahrer endlich aufgespürt hatte, erfuhr ich auch, dass er Familienvater gewesen war.

Dieser Bastard hatte bereits eine Frau und drei kleine Kinder zu Hause und hatte sich dennoch an einem fremden Mädchen vergangen. Ein echter Bastard, der weder Scham noch Anstand gekannt hatte. Von der Ehre ganz zu schweigen.

Wer weiß? Vielleicht gab es noch weitere Opfer, die sich nicht trauten damit an die Öffentlichkeit zu gehen. Vielleicht weil sie sich dafür schämten oder vielleicht, weil er ihnen gedroht hatte. Seine Familie, vor allem seine Kinder, tun mir zwar Leid, aber andererseits kann er ihnen keine weiteren Probleme mehr bereiten.

Vielleicht verstehen es die Kinder, wenn sie eines Tages erwachsen werden.

Nachdem ich ihn ausfindig gemacht hatte, observierte ich ihn für zwei Tage. Ich wollte wissen, wo er sich öfter herumtreibt und seine Fahrgäste abholt beziehungsweise absetzt.

Doch das war nicht wirklich übersichtlich gewesen, da er sie von überall abholte und wiederum überall absetzte.

Also beschloss ich, nachdem er einen weiteren Fahrgast an sein Zielort gebracht und abgesetzt hatte, in sein Taxi einzusteigen und als ein gewöhnlicher Fahrgast mitzufahren.

Natürlich hatte ich mir schon vorher einen genauen Plan überlegt und wusste ganz genau, wohin ich hinwollte.

Also bat ich ihn höflich darum mich in der Nähe einer alten und verlassenen Fabrikgelände abzusetzen.

Als ich auf meine Uhr an meinem Arm gesehen hatte, war es kurz vor zwanzig Uhr am Abend.

Am Zielort hatte ich bereits alles Nötige für meine Arbeit bereitgestellt, sodass ich sofort loslegen konnte, sobald wir eintrafen.

Ich wollte, dass das alles schnell, aber auch sauber vonstatten geht.

Ich gebe zu, dass ich ein wenig aufgeregt gewesen war, aber dieses Gefühl verschwand dann auch nach diesem ersten Mal. Die weiteren Male fühlte ich gar nichts mehr. Keine Aufregung, keine Sorge, kein Mitleid, keine Reue. Gar nichts. Es machte mir ja nicht einmal Spaß, das alles zu tun. Ich empfand keine Freude dabei. Doch es war nunmal notwenig gewesen. Irgendeiner musste sich dieser Sache annehmen.

Es war wie ein gewöhnlicher Job, den man ungern machte beziehungsweise machen musste, weil man Rechnungen zu zahlen hatte.

Ich fühlte mich irgendwie dazu verpflichtet all diese miesen Bastarde aus dem Verkehr zu ziehen. Es war wie eine Bestimmung. Wie als wäre es meine Berufung. Dieses Gefühl hatte ich von Anfang an. Und genau dieses Gefühl oder von mir aus diese Erkenntnis, hinderte mich daran damit aufzuhören.

Also machte ich immer und immer wieder weiter. Und ich bin heute noch dabei.

Wie waren also endlich am Zielort angekommen.

Er nannte mir die Summe für die Kosten der Fahrt. Sie betrug exakte zweiundzwanzig Euro und sechzig Cent.

Ich griff in meine Manteltasche und tat so, als würde ich das

Geld herausholen. Doch in Wahrheit griff ich nach meinem, erst vor Kurzem erworbenem, Springmesser. Ich zog es heraus und hielt es ihm direkt vor seinem Kehlkopf.

Er begriff zuerst nicht was geschah, weil es ziemlich plötzlich ging. Doch dann wurde es ihm klar und er dachte zunächst an einen Raubüberfall. Aber ich machte ihm deutlich, dass ich nicht sein beschissenes Geld wollte, sondern Vergeltung für das Mädchen, das er einige Wochen zuvor vergewaltigt hatte. Er dachte kurz nach und dann war es ihm eingefallen. Sofort versuchte er sich mit gebrochenen Deutschkenntnissen aus der Sache herauszureden und versuchte mir klar zu machen, dass er sie nicht vergewaltigt hätte. Doch ich sagte zu ihm, dass ich nicht der Richter wäre, den er so erfolgreich täuschen konnte. Ich sagte ihm, dass ich sein Tod wäre, der diesen Platz nicht verlassen würde, ehe er nicht seine Seele zur Hölle schicken würde.

Unter Schweiß und Gestotter versuchte er mich zur Vernunft zu bringen und ihn gehen zu lassen.

Aber das war alles zwecklos gewesen. Denn ich war fest davon entschlossen, diese Sache nun durchzuziehen und es hinter mich zu bringen.

Also zerrte ich aus dem Taxi heraus und drängte ihn dazu mit mir zu kommen.

Er flennte und redete ununterbrochen den gesamten Weg entlang, sodass ich Kopfschmerzen davon bekommen hatte.

Teilweise flehte er mich auf seiner Muttersprache an, aber ich verpasste ihm einen Schlag in sein Gesicht und sagte, dass ich ihn nicht verstehen würde und, dass er etwas schneller vorangehen solle.

Schließlich kamen wir an dem Platz an, an dem ich bereits einige Stunden zuvor alles aufgestellt hatte.

Als er gesehen hatte, dass viele Werkzeuge und scharfe Messer auf einem alten Holztisch drauf lagen, bekam er plötzlich ganz weiche Knie und er fing umso mehr zu heulen an.

Ich versuchte ihm zwar klar zu machen, dass das alles zwecklos und es bereits viel zu spät wäre um sich zu entschuldigen und ich auch nicht bestimmt derjenige bin, bei dem man um Vergebung bitten sollte, aber irgendwie verstand er das alles nicht und machte einfach nur weiter.

Es nervte schon allmählich. Echt lästig so etwas.

Ich forderte ihn dazu auf sich etwa auf die mittlere Höhe des Holztisches zu stellen und sich genau dort hinzuknien.

Womöglich lag es daran, dass er viel zu sehr verängstigt gewesen war, weswegen er meiner Aufforderung sofort, ohne widerstand, Folge geleistet hatte.

Mir kam das natürlich sehr gelegen.

Bevor ich mit meiner eigentlichen Arbeit begonnen hatte, forderte ich ihn dazu auf, mir die Wahrheit darüber zu erzählen, ob er das Mädchen in jener Nacht vergewaltigt hatte oder nicht. Ich sagte ihm, dass ihn frei lassen würde, wenn er mir auch tatsächlich die ganze Wahrheit gestehen würde. Natürlich war das gelogen. Er wusste es aber nicht.

Also brach er sofort in noch mehr Tränen aus und beugte sich mit dem Oberkörper, seine Arme vor seiner Brust verschränkt, nach unten und gestand mir einfach alles.

Er gab zu, dass er das Mädchen in jener Nacht vergewaltigt hatte. Und er gab zudem zu, dass er das schon ein paar Mal gemacht hatte. Meistens in seinem Auto und mit Frauen, ob jung oder etwas älter, die noch betrunkener gewesen waren, als sein jüngstes Opfer. Denn die würden absolut nichts davon mitbekommen und sich auch nicht wehren können. Da hätte er immer ein leichtes Spiel gehabt. Er gab auch zu, dass er sich fast immer, bis auf einige Ausnahmen, in seinem Taxi an den wehrlosen Frauen vergangen hatte.

Und sie waren nicht immer betrunken. Einige Mädchen, die zwischen siebzehn und zwanzig Jahre alt gewesen waren, konnte er überreden ihre Fahrten mit Sex zu bezahlen oder zumindest mit einer oralen Befriedigung.

Er sagte, dass sie zwar alle immer stets diesem widerlichen Angebot abgeneigt gewesen waren, aber die Verlockung kein Geld bezahlen zu müssen, war für sie umso süßer.

Also hatten sie sich alle darauf eingelassen und bezahlten ihre Fahrten mit sexuellen Aktivitäten.

Ich machte ihm deutlich, dass er eine abscheuliche und widerliche Kreatur und ein perverses Monster sei und es nicht verdient hätte, weiter zu leben.

Er sagte immer wieder, dass es ihm Leid tue und, dass er sich das abgewöhnen würde. Dass er sich mehr um seine Familie kümmern würde und so weiter.

Doch ich knickte nicht ein. Denn irgendeine Stimme tief in mir, sagte mir, dass Bastarde, wie er es gewesen war, mit diesen Taten nicht aufhören, sondern immer weiter machen würden. Man müsse sie auf der Stelle aufhalten.

So machte ich es auch.

Ich griff nach einem Schlagstock und schlug ihm damit kräftig auf sein Kopf.

Vorher betonte er immer wieder, dass ich ihm versprochen hätte, ihn wieder frei zu lassen, sobald er mir alles gestehen würde, aber ich sagte ihm, dass ich gelogen hätte.

So zuckte und zappelte er auf dem Boden, während ich ihm seine Hose mitsamt Unterwäsche auszog.

Danach begab ich mich erneut zum Tisch hinter mir und überlegte, welches Messer ich am Besten nehmen sollte, während ich meine Hände mit schwarzen Lederhandschuhen einkleidete. Letztendlich wollte ich kein vertrocknetes Blut von meinen Händen abwaschen. Hatte ich zwar vorher noch nie gemacht, aber es kam mir einfach viel zu mühsam vor.

Ich ließ also nachdenklich meine Hand über ein paar der Messer gleiten und entschied mich schließlich für das Khukuri. Ich war kurz davor das Küchenbeil zu nehmen, aber das gekrümmte Messer wirkte viel verlockender.

Ich nahm also das Khukuri zur Hand und ging mit langsamen Schritten zurück zu dem Mann, der bereits unter Atemnot gelitten hatte.

Ich kniete mich zu ihm hinunter, nahm sein Glied in meine linke Hand und hielt es schräg nach oben gerichtet.

In meiner rechten Hand hielt ich das Khukuri fest gepackt.

Ich sah ihm in seine Augen und er sah mich an. Seine Blicke waren gefüllt mit Angst gewesen. Ähnlich wie eine Kuh, die zum letzten Mal ihren Schlächter ansieht, bevor er ihre Kehle aufschlitzt.

Ich schwang das Khukuri in Richtung seines Gliedes und trennte es mit einem Hieb ab. Es schnitt durch wie eine Rasierklinge durch Schaum.

Während er qualvoll vor Schmerzen sich krümmte und dabei die Seele aus seinem Körper herausschrie, stand ich, immer noch sein abgetrenntes Glied in meiner Hand haltend, auf und warf es einfach auf ihn drauf.

Danach holte ich einen halben Kanister Benzin und goss es einfach über ihn aus.

Ich zündete mir mit meinem Zippo Feuerzeug eine Villiger Premium No. 9 Sumatra und warf anschließend das Zippo Feuerzeug, noch während die Flamme brannte, auf ihn drauf.

Dieser mieser Bastard ging sofort in Flammen auf. Während er am Grillen war, packte ich all meine Messer in meine Sporttasche ein, die ich unter den alten Holztisch abgelegt hatte und ging fort.

Seine Schreie wurden immer leiser und leiser bis sie irgendwann gar nicht mehr zu hören gewesen waren.

Ich setzte mich in mein Auto hinein, das ich in der Nähe geparkt hatte und fuhr zurück nach Hause.

Vielleicht lag es an dem was ich diesem Bastard angetan hatte, ich weiß es nicht mit Sicherheit, aber meine Zigarillo schmeckte noch nie zuvor so gut wie in diesem Moment.

JAGD NR. 2:

Mein zweites Opfer war ein vierundzwanzig Jähriger afghanischer Bastard, den ich nur drei Wochen nach meiner ersten Jagd aufgespürt und beseitigt hatte.
Dieser Fall ähnelte dem ersten.
Eines Samstagnachts hatte er ein leicht angetrunkenes Mädchen, die zweiundzwanzig Jahre alt gewesen ist, an einer öffentlichen Toilette am Praterstern vergewaltig und wurde auch gleich hinterher von der örtlichen Polizei festgenommen, nachdem das Mädchen es irgendwie geschafft hatte, sich zu befreien und zu dem gegenüberliegendem Polizeirevier zu laufen.
Auch er landete zwar vor Gericht, wurde jedoch für seine schreckliche Tat nicht belangt, da er vorgab psychische beziehungsweise seelische Störungen zu haben, weswegen er sich nicht unter Kontrolle halten könne. Er möchte es zwar nicht, aber es passiert einfach immer, sagte er vor Gericht aus.
Sein Anwalt plädierte auf Unzurechnungsfähigkeit, woraufhin der Täter auch dieses Mal ungestraft davon gekommen war.
Und erneut hatte das Justizsystem versagt. Wenn es doch so einfach gewesen war, dass man als Vergewaltiger beziehungsweise als Schwerverbrecher vor Gericht immer davonkommen konnte, weil man einen auf Geisteskranken macht, dann müsste es ja da draußen von diesem Abschaum wimmeln. Und wenn dem so ist, wer sind dann die, die hinter Gitter gehalten werden?
Haben die eigentlichen Verbrecher nichts zu befürchten, weil sie ganz genau wissen, wie sie das Justizsystem umgehen können? Oder deckt das Justizsystem wohl erst recht all diese Bastarde und sorgt absichtlich dafür, dass sie mit ihren abscheulichen Taten davonkommen?
Irgendetwas ist hier vollkommen schief gelaufen. Das ist mal sicher.

Wie dem auch sei.

Ob geisteskrank oder nicht, auch dieser Mistkerl hatte es nicht verdient, die selbe Luft einzuatmen, wie sein jüngstes Opfer.

Es war allerhöchste Zeit, dass er mal an der Höllenluft schnuppert.

Vielleicht wird er ja durch das Einatmen von Schwefel wieder gesund.

Auch hier hatte ich ihn in einem Zeitraum von drei Tagen observiert und alles für meine Aktion geplant und bereitgestellt.

Als ich mir so überlegte, wie ich ihn am Besten aus dieser Welt für immer verbannen konnte, fiel mir ein, dass ich mal irgendwo gelesen hatte, wie man früher mit psychisch Erkrankten umgegangen war.

In den 1930ern wurde die sogenannte Lobotomie als ultimatives Wunderheilmittel von psychischen Erkrankungen entwickelt.

Dem Patienten wurde ein Eispickel ins Gehirn gerammt und damit Nervenbahnen zerstört.

Oft wurde die Methode gegen den Willen der Patienten ausgeführt und hatte grausame Folgen für sie.

In kurzen Worten gesagt, genau das Richtige für meine zweite Beute.

Nachdem ich dementsprechend alles dafür besorgt hatte, fuhr ich mit meinem Auto zu seiner Wohnadresse und wartete bis er nach Hause kommt.

Er war zu der Zeit arbeitslos und hing oft mit etwa gleichaltrigen aus seinem Milieu herum. Alles ziel- und perspektivlose junge Männer, die ohne Arbeit, ohne jegliche Verpflichtungen den ganzen Tag auf den Straßen herumlungerten und da und dort Frauen belästigten oder auch andere Passanten um ein paar Gegenstände erleichterten indem sie sie mit gebrochenen Deutschkenntnissen dazu aufforderten.

Doch Deutschkenntnissen waren in ihrem Fall nicht unbedingt notwendig, da das aufgesprungene und scharfe Messer, das sie den Menschen direkt vor die Nase hielten, alles klar und deutlich verständlich machte.

So verbrachten sie einen Tag nach dem anderen und vergeudeten somit ihr Leben. Doch das sollte nicht meine Sorge sein.

Ich war nur auf eine Sache fokussiert gewesen. Nämlich auf meine Jagd.

So lauerte ich also in meinem Auto auf mein nächstes Opfer.

Da ich ungefähr wusste, zu welcher Zeit er immer nach Hause ging, hatte ich mir die Zeit auch genau dafür eingeteilt.

Daher wartete ich gerade mal zehn Minuten auf ihn.

Er kam immer spätestens um einundzwanzig Uhr nach Hause zurück.

So wie ich ihn gesehen hatte, stieg ich sofort aus meinem Auto aus und ging mit schnellen Schritten zu ihm auf die gegenüberliegende Straßenseite.

Er konnte mich zwar sehen, jedoch noch bevor er überhaupt begreifen konnte, was ich von ihm wollte, bekam er schon einen kräftigen Faustschlag von mir mitten in sein verdammtes Gesicht, der ihn auf der Stelle bewusstlos machte.

Es war mein Glück und sein Pech, dass sich genau in diesem Moment niemand auf der Straße befand und es dadurch keine Augenzeugen gegeben hatte.

Also packte ich ihn an seinen Füßen und schleifte ihn einfach bis zu meinem Auto hinter mir her.

Ich warf ihn in den Kofferraum, den ich noch zuvor mit Glasscherben von Getränkeflaschen, die ich aufgesammelt hatte, ausgestattet hatte, damit es auch eine richtig ungemütliche Fahrt für ihn werden konnte und fuhr mit ihm auf eine Bau-

stelle, die sich etwas Abseits von der Stadt befunden hatte.
Ich muss ihm wirklich einen ordentlichen Schlag verpasst
haben, den er war immer noch nicht zu sich gekommen.
Ich packte ihn und zerrte ihn aus dem Kofferraum heraus. Zu
meiner Enttäuschung, hatte er nur leichte Schrammen von den
Glasscherben an offenen Körperstellen, wie Arme und Gesicht
bekommen.
Ich hatte mir schon etwas mehr erwartet, fand es aber dennoch
in Ordnung.
Und wieder schleifte ich ihn, gepackt an seinen Füßen, hinter
mir her und legte ihn mit offenen Armen und Beinen an einer
günstigen Stelle, die ich mir schon vorher ausgesucht hatte, ab.
Vom Bewusstsein war immer noch keine Spur vorhanden.
Umso besser war es für mich, mich auf weitere Vorgehens-
weisen vorzubereiten.
Ich holte ein dickes und langes Seil hervor, richtete ihn auf und
band ihn damit ganz fest an eine Säule, die die Decke über uns
stützte.
Da kam er schon wieder langsam zu sich und öffnete ganz
leicht seine Augen.
Natürlich war er nicht im Stande sofort zu begreifen, was vor
sich ging.
Ich hockte direkt vor ihm und starrte ihn eine Weile an.
Dachte, dass er es schaffen würde, seine Augen komplett auf-
zumachen, aber dem war nicht so.
Also stand ich auf, zog meine Handschuhe an, holte ein Eis-
pickel zur Hand und ging wieder zu ihm hinüber.
Ich beschloss noch eine Weile zu warten, damit er wieder zu
sich kommen konnte.
Und nach etwa fünf Minuten war es dann auch schon soweit.
Er war endlich zu sich gekommen und fing sofort zu schreien
und zu winseln an. Er beschimpfte mich und drohte mir auf

eine sehr ungenierte Art und Weise.

Ich blieb die ganze Zeit über ruhig und ließ mich nicht aus der Fassung bringen.

Er wollte natürlich wissen, wer ich bin und was ich von ihm wolle und all das Zeug.

Doch ich hatte keine Lust mich mit ihm zu unterhalten und sagte nur einen einzigen Satz zu ihm, nämlich, dass ich ihn von seinen psychischen Problemen für immer befreien werde und hielt ihm dabei den Eispickel vor das erblasste Gesicht.

Je mehr ich mich damit ihm näherte umso lauter wurden seine Schreie und umso stärker wurden seine Zuckungen und der hoffnungslose Kampf sich zu befreien.

Ich hielt ihm die Spitze des Eispickels direkt vor sein linkes Auge. Er sah sie fast schon ohne zu Blinzeln an und zitterte am ganzen Körper und begann zu schwitzen.

Und dann, ohne ihn vorzuwarnen, oder ein letztes Wort zu sagen, rammte ich ihm den Eispickel in sein Auge und ließ ihn zuckend sterben.

Ich wartete noch darauf, dass er sich nicht mehr bewegte, bevor ich die Baustelle verlassen hatte.

Ich ließ ihn einfach so dort festgebunden und mit dem Eis-pickel in seinem Auge sitzen.

So wurde die Welt einen weiteren Bastard los und die Hölle gewann dafür einen.

Irgendwie hatte jeder etwas davon.

Ich stieg wieder in mein Auto ein und fuhr direkt nach Hause zurück.

Und meine nächste Beute, hatte ich auch schon bereits im Visier.

JAGD NR. 3:

Es ist kaum zu glauben, wieviel pädophiles Dreckspack sich in den sozialen Medien herumtreibt und sich noch dazu, einfach so, öffentlich outet.
Sie teilen Bilder von Kindern jeglichen Alters und jeglicher Herkunft. Es sind Mädchen und Jungs, deren Alter von null bis sechzehn reichen.
Es werden sehr obszöne Bilder von ihnen veröffentlicht, auf denen diese Kinder mit Dessous, Reizwäsche und sogar halbnackt posierend zur Schau gestellt werden.
Das beängstigende daran ist, dass all diese schrecklichen Bilder, viele sogenannte „Likes" und positive Kommentare bekommen haben.
Es gibt viele Anhänger, die diesen Personen und deren abscheulichen Seiten folgen und unterstützen.
Wie kommt es, dass all dieser Abschaum, mir nichts, dir nichts, so offensichtlich derartige Inhalte veröffentlichen und noch dazu toleriert werden können?
Wo bleibt hier die Regierung, die all diese Bastarde zur Rechenschaft zieht? Wo ist hier die Internetpolizei, die diese abscheulichen Kreaturen zur Strecke bringt und ihnen das Handwerk legt?
Wo bleiben hier die Zensuren und Blockaden seitens der Bediensteten der jeweiligen Sozialen Medien?
Wieso werden diese Bastarde nicht aufgespürt? Wieso werden sie nicht aufgehalten? Wieso dürfen sie so etwas präsentieren? Wieso unternimmt keiner etwas dagegen? Wieso werden sie alle dafür nicht bestraft?
Viele tausende derartiger Konten, Seiten und Gruppen kursieren im Internet einfach so herum.
Als ich darauf aufmerksam wurde und ich diese Inhalte gesehen habe und die Kommentare dazu gelesen habe, wurde mir so übel, dass ich fast schon erbrechen musste. Mein Magen hat

sich regelrecht umgedreht.

Wo sind wir nur gelandet? Was ist bloß aus diesen Menschen geworden?

Was ist bloß aus der Menschheit geworden?

Das ist abartig. Einfach nur abartig und krank.

Das sind noch Kinder verdammt noch einmal.

Wieso schauen die Menschen einfach so weg?

Ich verstehe es einfach nicht.

Würden die immer noch wegschauen, wenn es ihre eigenen Kinder betroffen hätte?

Das konnte und wollte ich nicht länger ertragen.

Also beschloss ich, gegen all diese miesen Bastarde etwas zu unternehmen.

Es waren nicht alle aus Wien beziehungsweise aus der näheren Umgebung, aber zumindest gab es da doch noch einige.

Und genau diese hatte ich als nächstes jagen wollen.

Ich hatte mich, ganz unauffällig, unter sie hineingemischt und beobachtete ganz genau, wer was veröffentlicht.

Das ging etwa eine Woche so.

Eine Woche lang musste ich mir also all diese abscheulichen Bilder und Kommentare reinziehen.

Die meisten von ihnen, konnte ich mir sowieso nicht ansehen.

Sehr übel so etwas.

Aber, ich musste leider da durch, damit ich sie alle aufspüren und so schnell wie möglich zur Hölle schicken konnte.

Schon allein, wenn ich mir überlege, dass dieses Kreaturen, tagtäglich uns auf der Straße, im Kinosaal, im Supermarkt, in der Schule oder wo auch immer begegnen, und wir nicht wissen, welch eine abscheuliche Person sich hinter ihrer Maske verbirgt, bekomme ich Gänsehaut.

Ich persönlich habe zwar keine Kinder, aber was ist mit den Eltern, die ahnungslos ihre Kinder der Obhut dieser kranken

Bastarde überlassen? Ahnungslose Eltern, die ihre Kinder diesen Psychopathen anvertrauen?

Nein, damit muss endgültig Schluss sein.

Irgendjemand muss einfach hier eingreifen und etwas unternehmen.

Daher beschloss ich eben, etwas zu unternehmen und dem ein Ende zu setzen.

Ich bin immer noch dabei, da diese kranken Arschlöcher überall auf der Welt verbreitet sind. Bisher habe ich bereits einige von ihnen beseitigt. Tendenz steigend. Doch ich erzähle Ihnen erst einmal, wie ich überhaupt damit angefangen hatte.

Ich hatte mich also etwa eine Woche in den Sozialen Medien herumgetrieben um die ersten von ihnen aufspüren zu können.

Ich hatte Glück.

Denn all diese Bastarde hatten eine kleine Gruppe gebildet, die sich an einem geheimen Ort, der nur ihnen bekannt gewesen war, getroffen hatten.

Es war eine Art kleine Bar im Kellergeschoss eines Nachtclubs in Wien.

Es waren ausschließlich nur Mitglieder dieser Gruppe dort erlaubt gewesen. Sie kannten sich alle untereinander und hatten geheime Codes mit denen sie sich zusätzlich identifizieren, aber auch durch sie kommunizieren konnten.

Neue Mitglieder dieser Gruppe mussten zu einem dieser Treffen, die einmal in der Woche stattgefunden hatte, erscheinen und eine Art Aufnahmeritual absolvieren um anschließend ein berechtigtes Mitglied dieser Gruppe von kranken und psychopathischen Arschlöchern sein zu können.

Ich bekam mit, wie ein Mann, er durfte Ende Dreißig gewesen sein, sein Interesse bekundet hatte um auch ein vollwertiges Mitglied der Gruppe sein zu können.

Prompt wurde er auch schon zum nächsten Treffen eingeladen

und musste sich dort beweisen.

Ich machte diesen kranken Bastard also ausfindig und folgte ihm zu diesem Treffen der Dämonen.

Natürlich hatte ich mich auch hierfür komplett, mit allem was ich für meine Jagd benötigte, ausgestattet und fuhr mit meinem Auto zu dem Treffen um als Überraschungsgast beziehungsweise als die Hauptattraktion meinen Auftritt hinlegen konnte.

Für diesen Auftritt, hatte ich an jede Menge Feuerwerk gedacht.

Schließlich wollte ich ihnen ja auch ein ganz spezielles Programm anbieten.

Wie dem auch sei.

Ich folgte also in jener Nacht dem Interessenten bis in den Nachtclub und hielt direkt davor an.

Vor der Tür stand ein Bodybuilder, wie aus dem Bilderbuch, der die Tür zu dem Nachtclub überwachte und entschied, wer hineindurfte und wer nicht.

Er war ein dunkler junger Mann, etwa Ende Zwanzig oder Anfang Dreißig, der irgendwo aus dem Süden stammen durfte.

Nachdem meine Zielperson einfach so in den Club hineinmarschiert war, stieg ich sofort aus und folgte ihm dicht hinterher.

Ich hatte einen langen und schwarzen Mantel an, unter der ich meine beiden Uzi's und meine zwei Colt's versteckt hielt.

An diese und weitere Schusswaffen war ich durch einen sehr guten Freund gekommen. Er ist ein pensionierter Schusswaffenhändler und hat ziemlich feste und gute Kontakte.

Ganz egal, welche Waffe ich auch immer haben möchte, er besorgt sie mir umgehend.

Selbstverständlich werde ich ihn hier namentlich nicht erwähnen um ihn zu schützen.

Ich ging also zu dem Riesen, der den gesamten Eingang zu

dem Nachtclub blockierte und stand ihm direkt gegenüber.
Selbstverständlich wollte er mich nicht hineinlassen. Er hatte
einen serbischen Akzent. Von daher war ich mir nun sicher,
woher er ursprünglich stammte.
Er wollte mich, auf eine sehr unangenehme und unfreundliche
Art und Weise, loswerden.
Ich blieb zunächst ganz cool und locker, sodass er nicht
komplett ausrastete.
Also fragte ich ihn erneut, ob ich den Nachtclub betreten
durfte. Ich sagte ihm, dass ich nur zwei Drinks nehmen und
wieder verschwinden würde.
Doch auch damit kam ich nicht durch, woraufhin er mich diesmal sogar zur Seite schubste.
Ich wurde so langsam unruhig. Nicht, weil er so mit mir umgegangen war, sondern, weil ich dabei gewesen war, meine Zielperson zu verpassen.
Das wollte ich natürlich nicht. Ich musste unbedingt herausfinden, welchen Weg er zu dem geheimen Treffen genommen
hatte.
Also beschloss ich, die Sache zu beschleunigen, in dem ich
ebenfalls unfreundlich wurde und diesem Koloss von Türsteher klar machte, dass er sich mit dem falschen angelegt
hatte.
Ich griff in meine Manteltasche hinein und zog mir ein Faust-
ring über meine Finger.
Danach holte ich einen ordentlichen aus und verpasste ihm damit, den wohl härtesten Schlag, den er je bekommen hatte, und
warf ihn damit zu Boden.
Ein Riese wie er, wurde natürlich nicht gleich beim ersten
Schlag Knock-out gesetzt, aber sein Unterkiefer war schon mal
zumindest gebrochen.
Noch bevor er sich wieder aufrichten konnte, verpasste ich ihm

ein paar Schläge mehr bis er irgendwann endlich bewusstlos und blutend zu Boden fiel.

Ich musste mich dabei beeilen und kam ein wenig außer Atem. Nachdem er wie ein abgesägter Baum auf den Boden gefallen war, machte ich mich schnell auf den Weg um diesem pädophilen Bastard weiter folgen zu können.

Es war schon ganz knapp, als ich wieder Blickkontakt zu ihm hatte.

Ich war noch gerade rechtzeitig hineingestürmt, sodass ich genau sehen konnte, hinter welcher Tür er verschwunden war.

Es war mir vollkommen klar gewesen, dass diese Tür zu dem geheimen Treffen dieser Bastarde geführt hatte.

Der Nachtclub war ziemlich voll, dunkel und laut gewesen. Viele junge Leute, die herumtanzten, lachten und knutschten und dabei keine Ahnung hatten, was sich direkt unter ihren tobenden Füßen befunden hatte.

Ich drängte mich durch die Menge durch und bewegte mich in Richtung der Tür zu, die zu meiner Überraschung, nicht bewacht gewesen war.

Es war lediglich nur ein Schild darauf angebracht gewesen, auf dem „Zutritt nur für das Personal" draufgestanden hatte.

Nachdem ich unauffällig hinein gegangen war, stellte ich nach ein paar Metern fest, dass am Ende des Ganges doch zwei weitere Türsteher gestanden waren.

Sie standen vor einer roten Tür, die direkt in den Keller des Club führte.

Zum Glück hatten sie mich nicht sofort bemerkt. Ich blieb stehen, öffnete meinen Mantel und griff nach den zwei Uzi's, die sich darin befanden.

Die Läufe auf die zwei Türsteher ausgerichtet ging ich mit schnellen Schritten voran. Kurzer Zeit später, hatten sie mich zwar gesehen, aber es war bereits zu spät gewesen. Denn die

Munitionen meiner Uzi's hatten ihre verdammten Körper bereits durchlöchert.

Sie sackten zu Boden und ihre leblosen Körper badeten in ihrem eigenen Blut.

Es war im Club viel zu laut gewesen, sodass irgendjemand die Schüsse hören konnte.

Dennoch wollte ich mich beeilen und die Sache schnell wie möglich hinter mich bringen.

Also stürmte ich durch die rote Tür hindurch, lief die Treppen hinunter und begann sofort zu Schießen, nachdem ich diese Bastarde überrascht und ihnen gegenüber gestanden hatte.

Es befanden sich gerade mal eine Handvoll von diesem Abschaum im Keller, der sehr modern und luxuriös ausgestattet gewesen war. Alle, auch meine Zielperson, bekamen von mir schöne Löcher verpasst, sodass man durch sie hindurch sehen konnte.

Ich hatte zwar mit vielen Kindern gerechnet, aber fand nur zwei junge Mädchen in Bikinis, die um die zwölf Jahre alt gewesen waren, vor.

Natürlich hatten sie Angst und begannen zu weinen, als ich all dieses Dreckspack im Kugelhagel badete.

Aber ich konnte sie auch schnell wieder beruhigen und half ihnen hinaus aus dieser Hölle.

Ich zog meinen Mantel aus und wickelte beide darin ein. Es war auch bereits ein sehr gutes Timing gewesen, denn draußen hörte ich schon die Polizeisirenen. Denn kurz bevor ich aus dem Wagen ausgestiegen war, hatte ich einen anonymen Anruf bei der Polizei getätigt, die den Nachtclub stürmen und die Kinder, falls ich welche drinnen vorfinden würde, in Sicherheit bringen sollten. In dem Fall waren es immerhin zwei Leben, die ich retten konnte.

Später erfuhr ich, dass man den Nachtclub dicht gemacht und

den Besitzer festgenommen hatte.

Doch, obwohl man ihn in Verbindung mit pädophilen Drecks-
geschäften in Verbindung gebracht und bewiesen hatte, dass er
das jahrelang betrieben hatte und noch dazu bei ihm zu Hause
kinderpornographisches Material aufgefunden hatte, kam er
ohne Gefängnisstrafe davon.

Er musste nur ein lächerliches Strafgeld von viertausend Euro
bezahlen und kam einfach so frei.

Ich bin sogar ziemlich sicher, dass sie ihm das Geld wieder
zurück überwiesen haben.

Denn wie ich später herausgefunden hatte, hatte dieser Bastard,
der ursprünglich ein Wiener war, sehr gute Kontakte und Be-
ziehungen zu diversen Politikern, Richtern, Anwälten,
Polizisten, Ärzten, Geschäftsmännern und weiteren wichtigen
Personen, die sich eines hohen Ranges erfreuten.

Somit war mir schnell klar geworden, dass er höchst-
wahrscheinlich deswegen ungeschoren davon gekommen war
und, dass man ein Auge zudrückte. Wieso sollte man einen so
kranken Typen sonst laufen lassen? Waren vielleicht in seiner
Gruppe bestehend aus Pädophilen einige oder womöglich alle
dieser wichtigen und teilweise bekannten Personen sowie auch
einige Richter und Anwälte ebenfalls Mitglieder gewesen, die
sich alle gegenseitig schützten und deckten?

Was war hier tatsächlich der Grund seiner ungestraften Ent-
lassung gewesen?

Nun ja, somit hatte sich meine nächste Jagd ergeben und ich
machte mich sofort an die Arbeit um diesem Mistkerl seine
gerechte Strafe erteilen zu können.

Und zu Anfang, wusste ich gar nicht, was für einen großen
Fisch ich am Haken gehabt hatte.

JAGD NR. 4:

Der Justiz war dieser Bastard zwar entkommen, aber nicht mir. Gleich nachdem seine Akten wieder geschlossen und verstaut oder vielleicht sogar vernichtet wurden und er wieder auf freien Füßen war, nahm ich seine Verfolgung auf.

Plötzlich hatten die Medien auch zu seinem Fall geschwiegen und man tat so, als wären die vergangenen Wochen gar nicht passiert.

Niemand redete mehr darüber. Die Sache war vergessen.

Ich jedoch, hatte sie ganz und gar nicht vergessen.

Ich war vom ersten Tag an dran gewesen und hatte mir fest als Ziel gelegt, diesen verfluchten Scheißkerl zu schnappen und ihm die Kehle aufzuschneiden.

Kreaturen wie er, durften und dürfen einfach nicht frei herumlaufen.

Das ist für mich unbegreiflich.

Spätestens in seinem Fall wurde mir erst so richtig klar, dass die Justiz, bei Personen seines Kalibers, einfach so wegschaut. Eine lächerliche Geldstrafe, die noch dazu für ihn nur Taschengeld ist, bekommt er nur dafür. Damit es so aussieht, dass er doch noch für seine miesen und dreckigen Geschäfte bestraft wurde. So ließen das Volk im Glauben. So war es nunmal immer gewesen. Das Volk war immer sehr leicht zu manipulieren und man konnte ihnen noch so alles erzählen und sie nahmen es einfach so hin. Niemand hinterfragte etwas. Niemand ging einer Sache nach. Nein, sie ließen sich verblenden und machten mit ihren jämmerlichen Leben weiter wie bis dahin.

Sie schauten einfach so weg, während dieser verdammter Bastard einfach so weiterlebte, als wäre nichts geschehen.

Möglicherweise machte er sogar mit seinen schmutzigen Geschäften noch weiter. Dem Volk war das ja egal gewesen. Mir jedoch nicht.

Also observierte ich diesen Abschaum und verfolgte ihn auf Schritt und Tritt.

Ich beobachtete alles, was er tat, ganz genau und ließ mir nichts entgehen.

Er hatte bereits den Bau eines neuen Nachtclubs in die Wege geleitet, weil die Stadt den ersten gesperrt hatte. Ich nahm mit größter Wahrscheinlichkeit an, dass er auch im neuen Club seine perversen und kranken Geschäfte weiterführen würde.

Ich hatte auch vielleicht sogar recht, weil er in der Zwischenzeit sich sehr oft in einem teuren Hotel in der Innenstadt mit anderen wohlhabenden Geschäftsleuten getroffen hatte.

Ich hatte Grund zur Annahme, dass genau in diesem Hotel ebenfalls Kinder zu Schäden kommen würden.

Und ich hatte auch tatsächlich recht damit.

Denn während meinen täglichen und stundenlangen Beobachtungen, konnte ich mehr als nur einmal feststellen, dass jeden zweiten Tag ein schwarzer Van, ein Transporter, vor das Hotel gefahren war und reichlich Kinder ausgestiegen waren.

Bei diesem grauenvollen Anblick, brach mir das Herz und ich würde am Liebsten aussteigen und all diese Bastarde an Ort und Stelle mit meinen Gewehren durchlöchern.

Doch das wäre viel zu riskant gewesen und ich hatte nicht vor mich erwischen zu lassen. Schließlich wollte ich damit weitermachen, bis ich auch dem letzten Bastard eine Kugel in sein beschissenes Gehirn gejagt und ihn damit zur Hölle geschickt hatte.

Nebenbei bemerkt; Im Moment bin ich ganz gut unterwegs und räume ordentlich auf.

Nachdem ich also der Meinung gewesen war, bereits genug gesehen zu haben, beschloss ich das Hotel der Pädo's zu stürmen.

Die Aktion sollte ähnlich verlaufen wie in dem Nachtclub

zuvor.

Hinein, herumballern, miese Bastarde zerfetzen, Kinder retten, Hinaus.

So sah mein Plan in der Zusammenfassung aus.

Auch dieses Mal hatte ich einen anonymen Anruf bei der Polizei getätigt, sodass sie rechtzeitig vorrücken konnten.

Ich hätte mich auch dabei auf die Hotelgäste und auch auf das Hotelpersonal verlassen können, aber ich hatte schon vor langer Zeit gelernt, niemandem zu vertrauen.

Es ist besser die Dinge selbst in Hand zu nehmen und sie zu erledigen.

Denn, wenn man etwas auch tatsächlich schaffen möchte, muss man es selbst in die Hand nehmen.

Sobald man sich auf jemanden verlässt, hat man schon verloren.

So war ich also, mit einem bombensicheren Plan und guter Ausrüstung vor das Hotel in der Innenstadt gefahren.

Ich wartete zunächst im Auto und beobachtete wie ein Arschloch nachdem anderen das Hotel betreten hatte.

Die ganze Zeit wusste ich natürlich ganz genau, dass sie es nicht wieder lebendig verlassen würden.

Ich wartete und wartete bis sich genug von diesen perversen und kranken Psychopathen im Hotel versammelt hatten.

Natürlich würden sie ihre kranke Party nicht mitten unter allen Personen ausführen.

Sie hatten sich dafür entweder das teuerste und größte Zimmer genommen oder sie machten das, genau wie in dem Nachtclub, im Keller. Vielleicht gab es auch aber ein geheimes Zimmer, das hinter irgendeiner Wand versteckt gewesen war.

Das wusste ich alles nicht.

Weswegen ich mir schon rechtzeitig vorher, eines dieser kranken Bastarde geschnappt hatte. Er saß in Handschellen und war halbtot, weil ich ihm ordentlich ausgeteilt hatte, auf dem Beifahrersitz. Er hatte mich ganz genau gesagt wo ihr Treffen genau stattfinden würde.

Und zwar befand sich am Dachgeschoss, dass für normale Gäste nicht zugänglich gewesen war, eine speziell für dieses kranke Dreckspack ausgestattetes Zimmer.

Dort konnten sie ihre perversen Fantasien ausüben und all ihren schmutzigen und widerlichen Wünschen und Träumen nachgehen.

Und man konnte nicht einfach so hinauf. Es führte ein eigener Fahrstuhl dorthin, der zudem noch von einer Art Security bewacht worden war. Er fuhr diese Kreaturen hinauf und wieder hinunter.

Nachdem mir das verdammte Arschloch auf dem Beifahrersitz alles erzählt hatte, was ich wissen wollte, konnte ich seine Gegenwart und die Tatsache, dass er sich in meinem Auto befand, nicht mehr länger ertragen.

Ich nahm seinen verdammten Kopf zwischen meine Hände und brach ihm mit einem Ruck das Genick.

Am Liebsten hätte ich eine Kugel in sein Schädel gejagt, aber wollte mir mein Auto nicht versauen.

Danach nahm ich ihm die Handschellen wieder ab, stieß ihn einfach aus dem Auto hinaus auf die Straße und machte mich für meinen Auftritt bereit.

Es war zu dem Zeitpunkt bereits 01.00 Uhr in der Nacht gewesen. Daher befand sich niemand mehr auf den Straßen.

Spätestens die Müllabfuhr würde seine verdammte Leiche entdecken, wenn nicht die Polizei schon vorher darauf aufmerksam werden sollte.

Dieser Dreckskerl kümmerte mich nicht mehr.

Ich konzentrierte mich auf meinen ursprünglichen Plan und wollte mich nicht ablenken lassen.

Da ich schon ganz am Anfang wusste, dass ich nicht einfach so in das Hotel hinein gehen und das Dreckspack vernichten konnte, besorgte ich mir einen eleganten Trenchcoat, den ich über meine sogenannte Kampf-Kleidung drüber gezogen hatte. So würde ich niemandem auffallen und könnte mich als eines der Gäste für diese spezielle Party ausgeben.

Und, dass ich das eine Arschloch in meinem Auto umgebracht hatte, kam mir dabei sehr gelegen. Denn ich nahm gleich seine Identität an und gab bei dem Aufzugswächter seinen Namen an.

Er sah auf seine Gästeliste und machte ein Haken neben dem Namen, den ich ihm genannt hatte. Gleich danach bat er mich in den Fahrstuhl einzusteigen und mit ihm bis zum Dachgeschoss hinaufzufahren.

Die Fahrt erfolgte schweigsam und wir waren auch fast schon oben angekommen. Ich weiß nicht mehr so genau, aber wir dürften uns zwischen dem neunten und zehnten Stockwerk befunden haben, als ich meinen schönen Trenchcoat ausgezogen und dem Fahrstuhlwächter eine Kugel in sein Kopf gejagt hatte.

Er wusste nämlich ganz genau was für eine Party dort oben stattgefunden hatte und arbeitete ganz einfach für die falschen Personen.

Das wurde ihm eben zum Verhängnis.

Ich ließ ihn mit aufgeplatztem Schädel im Fahrstuhl zurück und stieg mit sicheren und festen Schritten aus, nachdem der Fahrstuhl zu stehen gekommen war und seine Türen öffnete.

Zunächst hatten sie mich nicht sofort gesehen. Erst nachdem ich mein Schnellfeuergewehr Bushmaster, Kaliber 223 angelegt und damit die ersten Schädel und Körper zerfetzt hatte, wurde sie auf mich aufmerksam.

Sie schrien und liefen hin und her und versuchten sich in irgendein Loch zu verkriechen.

Doch mir und meiner Munition entkommt man nicht so einfach.

Ich musste mich zudem beeilen, da die Polizei wieder auf dem Weg gewesen war und jeden Moment hätte eintreffen können.

Da musste ich schon längst wieder über alle Berge sein.

Also ließ ich mein Gewehr all seine Munition auf diese Bastarde kotzen und sie somit unter einem Hagel von heißen Hülsen begraben.

Nachdem ich auch dem Letzten von ihnen das Gehirn auf dem Boden verteilt hatte, holte ich alle Kinder, die voller Panik und Angst gewesen waren, um mich herum und ließ sie mit dem Aufzug hinunterfahren.

Vorher zog ich den Fahrstuhlwächter heraus und machte ihnen klar, dass sie keine Angst mehr haben sollten und sie jetzt in Sicherheit wären, weil die Polizei in Kürze eintreffen würde.

Es waren acht Kinder. Davon jeweils vier Jungs und vier Mädchen.

Sie waren alle zwischen sieben und dreizehn Jahre alt. Es brach mir das Herz, all diese Kinder so zu sehen.

Diese verdammten und abscheulichen Kreaturen. Die Wut legte sich in mir nicht, weswegen ich, nachdem die Kinder sich bereits auf dem Weg nach unten befanden, mein Gewehr nachlud und ein weiteres Mal die Munition über diesem Abschaum verteilte.

Unter ihnen war auch der Mistkerl, den das Gericht nur mit einer lächerlichen Geldstrafe wieder frei gelassen hatte.

Seine Freiheit jedoch, war nicht von langer Dauer gewesen.

Damit ich nicht direkt der Polizei, die ich selber verständigt hatte, in die Arme laufen wollte, beschloss ich durch das Fenster des Zimmers im Dachgeschoss zu flüchten. In dem Moment war ich dankbar dafür, dass ich schwindelfrei war und keine Höhenangst hatte.

Also kletterte ich ganz geschickt das gesamte Hotel von außen hinunter, lief zu meinem Fahrzeug hinüber, stieg ein und fuhr davon.

Hier machten sich endlich die Kletterstunden an diversen Kletterwänden wie zum Beispiel am Haus des Meers bezahlt. Als kleiner Junge war ich nämlich sehr oft und gerne klettern.

Eine ganze Polizeieskorte hatte sich bereits unten vor dem Eingang versammelt und ich konnte auch sehen, dass sie die Kinder bereits unter ihre Fittiche genommen hatten.

Dieser Anblick sorgte dafür, dass ich wieder ein wenig herunterkam und mich lockerte.

Ich hatte Glück. Denn kurz nachdem ich in mein Auto eingestiegen war, gingen ein paar der Polizisten um das Hotel herum und suchten alles ab. Ich war ihnen ganz knapp entkommen.

Und es dauerte nicht lange, da hörte ich auch schon einen Polizeihubschrauber über mir herumfliegen.

Es war allerhöchste Zeit gewesen, diesen Ort zu verlassen.

JAGD NR. 5:

Es waren ja leider nicht nur Vergewaltiger und pädophiler Abschaum, die sich da draußen in der Welt herumtrieben.

Es gab auch jede Menge Tierquäler, die sich ebenso wie die anderen kranken Bastarde in den Sozialen Medien stolz präsentierten.

Auch sie hatten eine eigene Community von der sie unterstützt und ihre Gräueltaten gut geheißen wurden.

Als ich im Internet dieser besonderen Gruppe an Psychopathen gestoßen war, dachte ich mir nur -Verfluchter Mist! Wieviel Gesindel gibt es noch da draußen? - Je mehr man sich nämlich mit diesen kranken Bastarden auseinander setzt und sich über sie informiert, umso mehr Kreaturen begegnet man.

Es gibt so viel Abschaum da draußen, dass ich einfach selber nicht weiß, bei wem ich zuerst mit der Entsorgung anfangen soll.

Das Ganze ist einfach nur abartig und scheußlich.

Auch die Postings von den diversen Tierquälern waren alle erschreckend und nicht zumutbar.

Ich habe sehr viele schrecklich Bilder und Videos gesehen, die sie veröffentlicht hatten. Auch die Kommentare waren bei diesen nicht unbedingt anders, als wie bei den Kinderschändern.

Sie ähnelten sich sehr.

Zu meinem Erstaunen, befanden sich auch viele Frauen, oder eben Dämonen und Kreaturen aus der Hölle, wie ich sie gerne bezeichne, die das Aussehen der Frauen angenommen haben dürften. Denn kein Mensch könnte jemals einem anderen Lebewesen, sei es Mensch oder Tier, solches Leid zufügen. So etwas durfte es einfach nicht geben.

Die konnten daher keine Menschen sein. Das waren alle abscheuliche und widerliche Kreaturen, die auf unserem Planeten nichts verloren hatten.

Ich gehe mal davon aus, dass der Teufel sie alle vermisst, weswegen ich mich umso mehr ans Zeug legen und mich mit der Rücksendung dieses Abschaums direkt zur Hölle beeilen muss. Die erste Kreatur, auf dessen Jagd ich mich begeben hatte, war eine Frau in den Zwanzigern. Sie stammte aus Deutschland und kam nach Wien um zu studieren.

Sowohl auf ihrer eigenen Profilseite als auch auf diversen Gruppen, die Tierfolter zeigten, hatte sie Fotos und Videos veröffentlicht. Auf diesen Aufnahmen war sie zum Teil auch drauf gewesen. Ihr kranker und abartiger Trieb lag wohl daran, Babykatzen zu foltern. Ich möchte gar nicht so sehr ins Detail gehen. Denn diese Aufnahmen und das was sie diesen armen und wehrlosen Kätzchen angetan hatte, waren dermaßen grauenvoll, dass ich sie nicht erwähnen möchte.

Nachdem ich auch dieses Miststück für eine längere Zeit in den Sozialen Medien verfolgt hatte, war ich nun bereit in den nächsten Schritt überzugehen.

Dafür hatte ich mir eine verlassene Lagerhalle gesucht und all meine Utensilien, die ich mir für sie besorgt hatte, ausgestellt. Dank ihren zahlreichen Postings auf ihrem Social Media Account, konnte ich herausfinden, dass sie jedes Wochenende mit ihren Freunden feiern ging.

Also beschloss ich ebenfalls daran teilzunehmen, jedoch wollte ich ihre Freunde nicht dabei haben.

Somit hatte ich sie, kurz nachdem sie ihre Wohnung verlassen hatte, abgefangen und in mein Auto gedrängt.

Ich hielt ihr eine Waffe vor ihr dämonisches Gesicht und drohte abzufeuern, sobald sie auch nur den leisesten Ton von sich geben würde.

Sie hatte sich dabei vor lauter Angst fast bepinkelt und ihre Augen fingen zu flimmern an, weil ihr die Tränen fast hochgekommen waren. Ach ja, und ihre Unterlippe bebte noch ziemlich schnell auf und ab, als würde sich ein Vibrator darin befinden.

Als ich sie in diesem Zustand betrachtete, dachte ich mir nur, was für eine kranke Kreatur von dämonischem Weib bist du denn.

Fügt eiskalt und mit Gelächter armen und schutzlosen Tieren unbeschreiblichen Gewalt zu. Foltert und quält sie zu Tode.

Aber sobald sie eine Knarre vor ihr Gesicht gehalten sieht, wird sie plötzlich weich und zieht den Schwanz ein?

Auf ihren Aufnahmen war sie immer weit davon entfernt. Da wirkte sie sehr hart, cool und so selbstsicher. Doch in Wahrheit war sie eine jämmerliche Gestalt einer beschissenen Kreatur, die vor lauter Angst so sehr zitterte als würde es Minus zwanzig Grad sein.

So waren sie aber eben alle. Vor ihren Computern und in den Sozialen Medien waren sie die größten, die besten und die mutigsten von allen. Doch in Wahrheit waren sie alle ver-dammte Versager, die in der realen Welt keinerlei Aner-kennung oder Erfolge verzeichnen konnten.

So waren sie also, diese elenden Tastatur Helden, die sehr schnell den Schwanz einzogen, sobald es Hart auf Hart kam.

Während der gesamten Fahrt über, hatte sie mir meine Ohren mit ihrem ständigen Gejammer abgenagt. Sie konnte nicht aufhören mich anzuflehen. Das nervte mich so sehr, dass ich die Sache umso schneller hinter mich bringen wollte.

Irgendwann brach sie dann so richtig in Tränen aus, woraufhin ich sie umgehend aufgefordert hatte, damit aufzuhören und machte ihr klar, dass sie mich mit ihren Krokodilstränen nicht täuschen könnte.

Ich machte das Licht an und schon wurde es hell in der dunklen Lagerhalle. Die Lampe hatte ich an meinen Stromgenerator an-geschlossen und sie so ausgerichtet, dass mein „Gast" das

Werkzeug sehen konnte, das ich für sie bereitgestellt hatte.
Sie war gerade dabei mir etwas sagen zu wollen, wurde jedoch
von meiner Faust ruhig gestellt.
Selbstverständlich schlage ich üblicherweise keine Frauen,
aber wie ich auch am Anfang vermerkt hatte, handelte es sich
bei dieser Kreatur um keine Frau. Nicht in meinen Augen.
Sie ging sofort zu Boden und irgendwie bereute ich den
Schlag, da sie dadurch nur umso mehr weinte.
Herr Gott! War das lästig.
Dieses Gekreische und das Winseln. Unerträglich.
Ich erinnerte mich an eines ihrer Videos, in der sie ihr Opfer
mit einem gewöhnlichen Hammer, übel zugerichtet hatte und
dabei noch ihre Seele aus dem Leib lachte.
Ich bevorzugte es nicht zu lachen, während ich vor hatte, ihr
dasselbe anzutun.
Also zog ich mir einen Regenmantel und Handschuhe an und
angriff nach einem Hammer und schlug ihr damit mehrmals
auf ihren hirnlosen Kopf ein bis am Ende nur noch eine Masse
von dickflüssigem und matschigem Haufen Brei entstanden
war.
Nachdem ich mit ihr fertig gewesen war, zog ich den blut-
getränkten Regenmantel aus und packte ihn in einen Plastik-
beutel.
Danach holte ich ihr Handy aus ihrer Tasche heraus und sah
zunächst, dass sie einige verpasste Anrufe und unbeantwortete
Nachrichten hatte. Ich ignorierte sie natürlich alle und öffnete
ihr Profil, die zu einem ihrer vielen Sozialen Medien gehört
hatte.
Ich schoss ein Foto von ihrem aktuellen Zustand und teilte es
auf ihrem Profil, sodass es auch jeder sehen konnte. Genau so,
wie sie es mit ihren Opfern, diesen armen Tieren, gemacht
hatte.

Danach warf ich das Handy auf die matschige Masse drauf, die noch kurz zuvor ihr Kopf gewesen war, ließ alles stehen und liegen und ging zurück zu meinem Wagen.

Und genau so, wie ich auch sie zurückgelassen hatte, wurde sie später von der Polizei vorgefunden. Und wieder gab es keinerlei Spuren, die zu mir führten.

Denn ein richtiger Jäger, hinterlässt keine Spuren.

Es sein denn, er möchte damit seine Beute anlocken.

JAGD NR. 6:

Nur drei Tage später hatte ich bereits meine nächste Zielperson gefunden.

Er war ein Geschäftsmann aus Linz, der ständig in teuren Anzügen herumlief.

Seinem Social Media Account zufolge führte er ein sehr gefülltes Leben und war ein wohlhabender Mann mittleren Alters.

Viele Bilder und Videos von sehr teuren Party's und sonstigen Veranstaltungen in denen viel teures Alkohol verbraucht wurde.

Arm in Arm mit jungen Frauen in knappen Bikinis war er zu sehen und auch viele teure Autos hatte er öffentlich zur Schau gestellt.

Teure Uhren, teures Schmuck, edle Schuhe und elegante Sonnenbrillen. Er war einfach im Besitz der gesamten Palette und genoss sein Leben sehr.

Doch was er noch so sehr zu genießen schien und ebenso öffentlich zu Schau stellte, waren Bilder und Videos von missbrauchten Tieren. Er hatte Material veröffentlicht, auf denen er zusehen war, wie er sämtliche Haustiere wie Hunde Katzen, Hasen und Mäuse folterte.

Einige Hunde hatte er sogar sexuell missbraucht und bot sie anderen weiter an indem er abscheuliche, wiederwertige und herablassende Ausdrucksformen verwendete.

Und wieder wurde er von allen gejubelt und gelobt. Sie klatschten, sie lachten und brachten ihre Unterstützung mit den dafür vorgesehenen Emojis zum Ausdruck.

Viele „Daumen Hoch's" waren zu verzeichnen.

Und keiner unter ihnen, der ihn dafür zur Rechenschaft gezogen hatte. Keiner unter ihnen, der ihn dafür kritisierte.

Keiner unter ihnen, der sich über diese perversen und kranken Taten beschwerte.

Niemand.

Sie alle standen ihm bei und feierten mit ihm.

Hier kam mir erneut die Frage hoch – Was ist bloß los mit diesen Menschen? -

Das Problem auf dieser gottverdammten Welt ist, dass es zwar Menschen gibt, aber keine Menschlichkeit.

Nur Kranke, Perverse, Psychopathen, Dämonen und sonstige Kreaturen wandelten auf der Erde umher und verbreiteten Boshaftigkeit wo sie nur konnten.

Es ist erschreckend unglaublich, aber es ist leider nunmal die Wahrheit. So sieht es in der Welt heutzutage leider aus.

Das Böse gewinnt immer und immer mehr Kraft, während das Gute auf dieser Welt dem Aussterben immer näher kommt.

Was ist bloß los mit diesen Menschen?

Wieso schaffen sie es nicht in Frieden miteinander zu leben?

Wieso müssen ständig Chaos und Unordnung auf der Welt stattfinden?

Irgendjemand profitiert davon. Das ist mal gewiss.

Und so lange es welche gibt, die davon profitieren, werden Leid und Elend niemals verschwinden und auch deren Gier und Geiz wird niemals enden.

Oder vielleicht doch?

Vielleicht könnte all das schon in kürzester Zeit ein Ende haben, wenn die Guten endlich aufstehen und anfangen würden dagegen etwas zu unternehmen. Aber dafür müssten sie zuerst mutig sein und aufhören in Angst zu leben. Sie müssten damit aufhören den Taten der Bösen ihr Rücken zu wenden und einfach wegzusehen.

Sie müssten sich verbünden. Sich vereinen.

Ich frage mich, ob sie immer noch so handeln würden, wenn ihnen bewusst wäre, dass sie sich mindestens genauso schuldig machen und zu den Bösen gehören, wenn sie ihnen einfach alles so durchgehen lassen?

Man ist nicht gleich automatisch ein guter Mensch nur weil man nichts Böses oder Schlechtes tut.

Ich weiß nicht, ob es noch weitere auf der Welt gibt, die versuchen, die Welt von solchem Abschaum zu reinigen, aber ich weiß, dass ich es tue.

Und das ist für den Anfang mehr als genug.

Es ist besser, wenn nur eine einzige Person aufrecht steht und gegen das Böse kämpft, als wenn es gar niemand tut.

Diese Kreaturen sollen und müssen wissen, dass nicht jeder mit ihren kranken und boshaften Taten einverstanden sind und, dass die Welt nicht ihnen alleine gehört. In ihrem Fall, gehört die Welt überhaupt nicht ihnen. Denn Kreaturen wie die, gehören in die Hölle. Für immer und ewig.

Wie dem auch sei.

Nach wieder einer kurzen Observierung, war ich nun bereit unserem edlen Geschäftsmann die Rechnung für seine Taten auszustellen.

Und diese Rechnung, war die höchste, die er je zu begleichen hatte.

Ich hatte ganz anonym, unter einem falschen Namen ein Profil erstellt und mein Interesse, bezüglich eines seiner Tierangebote, verkündet.

Wir kamen ins Gespräch und schrieben uns einige Stunden, weil er mich gut kennenlernen wollte, bevor er sich auf das perverse und kranke Geschäft einlassen wollte.

Mit jeder Sekunde, die ich während der Unterhaltung mit ihm verbrachte und jedem einzelnen Wort, dass ich tippte, kam in mir eine gewaltige Wut hoch, sodass ich mich am Liebsten, direkt über den Computer hindurch zu ihm nach Hause leiten und ihn in Stücke zerfetzen wollte.

Doch ich musste die Sache professionell angehen und meine

Ruhe bewahren, sodass ich ja nichts Falsches schreiben und mich dadurch enttarnen würde.

Also ließ ich diese abscheuliche Unterhaltung über mich ergehen und brachte es so schnell wie möglich hinter mich.

Wir machten uns ein Treffpunkt aus. Er wollte nicht, dass ich zu ihm nach Hause komme und genauso wollte er auch nicht zu mir nach Hause.

Es gab da einen Ort, an dem er sich immer mit den Interessenten getroffen hatte bis sie gegenseitiges Vertrauen aufgebaut haben.

Dort wickelten sie ihre schmutzigen Geschäfte ab und verblieben bis auf Weiteres so.

So hatte er mir das erklärt.

Ich war damit einverstanden. Denn ganz ehrlich? Mir war es egal, wo wir uns treffen würden, denn so oder so, würden wir am Ende dort landen, wo ich ihn schlussendlich umbringen würde.

Also fuhr ich zu der abgemachten Uhrzeit, nämlich 23.00 Uhr, zu dem abgemachten Ort im zweiten Wiener Gemeindebezirk. Der Treffpunkt fand in der Nähe vom Prater statt. Er lag etwas hinterhalb vom Messezentrum in einer Grünanlage.

Da war es zu dieser Zeit Stockfinster. Selbst als ich ihm nur wenige Meter gegenüber stand, konnte ich sein Gesicht kaum wahrnehmen.

Bevor wir zum Wesentlichen kamen, kamen wir vorerst zu einer kleinen und persönlichen Runde, in der wir uns etwas näher kennenlernen sollten. Doch ich wollte nicht länger Zeit verlieren und mir seine ekelerregende Stimme länger anhören. Er klang zwar ganz gewöhnlich und hatte eine höfliche Ausdrucksweise, aber da ich wusste, was für ein Gesindel er gewesen war, mochte ich seine Stimme einfach auch nicht.

Alles worüber ich die ganze Zeit lang nachgedacht hatte,

während er davon quatschte, was für ein großartiger Geschäftsmann er war, war es, ihm so schnell wie möglich die Kehle
aufzuschneiden und sein Hintern endlich zu dem Schoß seines
finsteren Herrn, der in der Hölle herumhockte, zu verfrachten.
Also holte ich meinen Teleskopschlagstock heraus und zog ihm
damit eins über seinen verdammten Schädel. Er sackte sofort
zu Boden und sein teurer Designeranzug bekam ein wenig Blut
ab.
Ich verlud ihn in mein Fahrzeug hinein und fuhr zu ihm nach
Hause.
Da ich wusste, dass er alleine lebte und noch dazu in einem
Haus im neunzehnten Wiener Gemeindebezirk, hatte ich be-
schlossen ihn direkt dort umzubringen.
Da er seine Hausschlüssel bei sich hatte, musste ich nicht ein-
mal einbrechen.
Ich wollte hinein, meine Sache schnell hinter mich bringen und
dann noch schneller wieder abhauen.
Zum Glück hatte er weder Wachpersonal noch Videokameras
an seinem Haus installiert.
Das alles wäre zwar für mich kein Hindernis gewesen, aber sie
würden mich unnötige Zeit und Kraft kosten.
Das blieb mir zum Glück erspart.
Ich platzierte ihn direkt auf seinem edlen Fauteuil aus Rinds-
leder im Wohnzimmer und bereitete mir meiner Messer vor.
Der Chesterfield Ledersessel war mir in diesem Moment zwar
viel zu Schade, weil er in wenigen Minuten ruiniert werden
würde, aber der Mistkerl hatte nur teures und gutes Zeug zu
Hause. Selbst die Aufsätze seiner verfluchten Hausschlüssel
waren aus edlem Marmor gewesen.
Ich wollte nicht warten bis er wieder zu sich kommt und mir
davonrennt oder sich wehrt und so. Ich hatte ja diesmal kein
Seil oder sonstiges Material dabei gehabt, mit dem ich ihn

53

fesseln hätte können.

Doch die Methode, die ich mir für ihn ausgedacht hatte, war eine, die zu einem Anzugträger, wie er es gewesen ist, definitiv passte.

Er hatte immer passend zu seinen Anzügen sehr schicke Krawatten getragen.

Also dachte ich mir, ich verpasse ihm eine kolumbianische Krawatte.

Wurde gelegentlich auch als die mexikanische oder sizilianische Krawatte bezeichnet. Es handelt sich dabei um eine Hinrichtungsmethode.

Ich nahm mein schärfstes Messer in die Hand und konnte es kaum erwarten mein Talent als Schneider unter Beweis zu stellen.

Ohne mehr Zeit zu schinden, ging ich zu ihm hinüber und fing mit dem Maßschneidern an.

So wie es sich für diese Methode gehörte, schnitt ich ihm die Kehle im Bereich des Kehlkopfes horizontal auf und zog seine Zunge durch diesen Schnitt nach unten und ließ ihn somit unterhalb seines Kinns heraushängen.

Er wachte zwar kurzzeitig auf, als ich ihn aufgeschnitten hatte, bekam jedoch kaum etwas davon mit, da er auf der Stelle zuckend und würgend das Zeitliche segnete.

Ich stand hinter ihm, damit ich keine Blutspritzer abbekomme.

Nachdem ich fertig war, bewunderte ich für eine Sekunde mein Kunstwerk und muss ehrlich gestehen, dass es mir sehr gut gelungen war.

Die Krawatte stand ihm von allen bisherigen am Besten.

Eine solche schöne hatte er noch nie umgebunden gehabt.

Nachdem ich mit meiner Arbeit fertig gewesen war, packte ich mein Messer weg und verließ das Haus.

Ich ließ ihn auf seinem Ledersessel so sitzen. Irgendjemand

würde ihn schon irgendwann so vorfinden und das geschah auch schon bereits am nächsten Tag als seine Hausdame gekommen war um ihren Dienst, wie jeden Morgen auch, anzutreten.

Jedenfalls erfuhr ich das so von den Medien.

Die Welt war dadurch eine weitere Kreatur losgeworden, aber da draußen gab es noch zahlreiche andere.

Und ich war noch lange nicht fertig mit ihnen.

JAGD NR. 7:

In diesem Kapitel möchte ich über einen jungen Mann erzählen, der Anfang Zwanzig war.

Er stammte ursprünglich aus Saudi Arabien und lebte als Teil, als der verdorbene und kaputte Teil, einer großen Familie.

Er veröffentlichte regelmäßig Bilder und Videos davon, wie er stolz seine Foltermethoden und die Qualen, die er diversen Tieren zufügte, präsentierte.

Auch er wurde nicht weiter beachtet und niemand versuchte ihn davon abzuhalten. Ganz im Gegenteil. Genau wie bei seinen Vorgängern, hatte er eine große Fan-Gemeinschaft, die sogar ständig noch mehr von ihm sehen wollten.

Diese kranken Bastarde bekamen einfach nicht genug davon.

Es gab genug Material zu sehen, in denen er lebendigen Tieren Ohren, Schwänze und diverse Gliedmaßen abgeschnitten hatte und dabei noch herzhaft lachte. Einige hatte er sogar enthauptet. Anderen wiederum hatte er die Augen ausgestochen oder die Zungen abgeschnitten bevor er sie mit Schlägen und Tritten geschlagen und gefoltert hatte.

Er war eine besondere Sorte von einem kranken und psychopathischen Bastard.

Ich wollte ihn um jeden Preis drankriegen und mit ihm genau dasselbe machen, was er diesen armen und hilflosen Tieren angetan hatte.

Deswegen wollte ich nicht länger Zeit verlieren und sofort mit meiner Aktion beginnen.

Denn je mehr ich das verzögern würde umso mehr Tiere würden zu Opfern dieses wiederwertigen Abschaums werden.

Das konnte ich auf gar keinen Fall zulassen, weswegen ich mich sofort an die Arbeit machte.

Er lebte irgendwo im elften Wiener Gemeindebezirk und somit ziemlich weit draußen.

Doch selbst wenn er draußen im Weltall leben würde, würde

ich ihn finden und mir schnappen.

Er arbeitete als Kassierer in einer der Filiale einer bekannten Fast-Food-Kette.

Also hatte ich beschlossen ihn vorerst einige Male am Arbeitsplatz zu seinen Dienstzeiten zu besuchen, damit er seinem Jäger ein paar Mal ins Antlitz blicken konnte, bevor er von ihm ausgenommen werden würde.

Weder er noch andere wussten natürlich, dass er zu meiner Beute werden würde, weswegen ich jedes Mal seelenruhig, ohne aufzufallen, hinein und wieder hinaus spazieren konnte.

Um auch nicht wirklich aufzufallen hatte ich mich bei jedem Besuch anders gekleidet und bestellte auch immer verschiedene Menüs. Manchmal auch von seinen Kollegen, die direkt neben ihm kassierten und Bestellungen aufnahmen.

Meine letzte Bestellung bei meinem letzten Besuch gab ich erneut bei ihm auf.

Ich bestellte mir einen kleinen Becher Schwarzen Verlängerten und verabschiedete mich.

Es waren noch sechzig Minuten bis zur Mitternacht und somit zu seinem Dienstschluss.

Ich ging mit dem brühenden Becher Kaffee hinaus, stieg in mein Auto hinein und trank den Kaffee genüsslich während ich darauf wartete bis dieser Scheißkerl endlich hinauskam.

Sechzig Minuten können einem verdammt lange vorkommen, wenn man einfach so im Auto sitzt, nichts tut und auf irgendetwas oder irgendjemanden wartet.

Ich besaß keines von diesen sogenannten Smartphones, weswegen ich auch nicht mit meinem Handy herumspielen hätte können, wie all diese Junkies, die sonst an ihnen kleben als würde ihr Leben davon abhängig sein. Als wären sie mit ihnen verwachsen. Erstaunlich wie Menschen sich von irgendwelchen Geräten manipulieren und kontrollieren lassen können.

Wie dem auch sei.

Die sechzig Minuten waren dann auch irgendwann endlich zu Ende und kurz nach Mitternacht verließ dieser Bastard auch endlich sein Arbeitsplatz.

Während er sich zu der U-Bahn Station aufmachte, steckte er sich noch eine Zigarette an und begann zu rauchen.

Ich dachte mir nur -Genieße deine dreckige Lungennahrung du Scheißkerl, denn die wird deine letzte sein.-

Ohne, dass er mich bemerkte, fuhr ich mit meinem Auto langsam hinter ihm her und blieb anschließend direkt neben ihm stehen.

Ich kurbelte das Fenster hinunter und tat so, als wäre ich nicht von dieser Gegend. Er hatte mich nicht sofort erkannt, obwohl ich nur wenige Stunden zuvor bei ihm bestellt hatte. Hier möchte ich noch anmerken, dass der Kaffee absolut beschissen geschmeckt hatte. War mit Abstand der schlechteste Kaffee, den ich je getrunken hatte. Man möchte meinen, dass ich ihn dafür extra verprügeln sollte, aber für die Produkte an sich konnte er nichts. War nicht seine Schuld gewesen.

Erst als ich ausgestiegen war um ihn erneut nach der angeblichen Adresse, die ich suchte, fragte, erkannte er mich und fing zu lächeln an.

Doch sein Lächeln war nicht von langer Dauer, da ich ihm sofort einen ordentlichen rechten Haken verpasst hatte, sodass er auf der Stelle in Ohnmacht gefallen war.

Wie ein Sack voller Kartoffeln hatte ich ihn in den Rücksitz meines Autos geworfen und bin sofort losgefahren.

Vorher drehte ich noch sein Handy ab und steckte es ihm wieder zurück in seine Jackentasche.

Selbstverständlich hatte ich schon vorher meine Handschuhe angehabt, sodass ich keine Fingerspuren irgendwo lassen konnte. Eigentlich hatte ich die Handschuhe, nach meiner dritten Jagd fast ständig angehabt.

Es war irgendwie lästig sie jedes Mal an- und auszuziehen. Und es bestand auch die Gefahr, dass ich eventuell vergessen könnte sie anzuziehen. So wurde das Ganze sicherer.

Ich fuhr mit dem verdammten Scheißkerl in eine abgelegene Lagerhalle, die irgendwo in den äußeren Bezirken lag.

Dort hatte ich bereits alles für meine Vorgehensweise vorbereitet.

Da meine, zu der Zeit, jüngste Beute, Freude daran empfand Tiere zu quälen, zu foltern und sie zu töten, hatte ich mir etwas einfallen lassen, das mit Tieren zu tun hatte.

Nicht direkt mit richtigen Tieren versteht sich.

Lediglich meine Methode ihn zur Hölle zu verfrachten würde den Namen Blutadler oder auch Blutaar tragen.

Diese Methode war eine Form von Hinrichtung bei den Wikingern und auch recht beliebt.

Dem lebenden Opfer wurde dabei der Rücken aufgeschnitten, die Rippen beidseitig von der Wirbelsäule getrennt und wie Adlerschwingen zur Seite geklappt.

Manche vermuten, dass noch die Lungen herausgezogen wurden, aber ich tat das nicht.

Ich zog ihm sein Oberkleid aus und spannte ihn mit dicken Seilen fest an die Vorrichtungen an, die ich speziell für diese Methode aufgebaut hatte und ließ ihn mit gespreizten Armen und Beinen wenige Zentimeter über dem Boden hängen.

Auch bei ihm griff ich nach meinem schärfsten Messer und wartete schließlich darauf bis er aufwachte.

Schon nach ein paar Minuten kam er wieder zu sich und fing zu kreischen an. Er schrie nicht, er kreischte. Als würden Piranhas sich an seinem Hodensack gütlich tun.

Dabei hatte ich noch gar nicht erst mit meiner eigentlichen

Arbeit angefangen.

Ich vermute mal, dass er ganz einfach aus Angst zu kreischen angefangen hatte.

Damit er nicht weiter kreischen und am Ende irgendwelche Menschen auf uns aufmerksam machen konnte, hatte ich ihm seine Zunge abgeschnitten und mit dickem Klebeband sein Mund ganz fest zugeklebt. Seine abgeschnittene Zunge hatte ich ihm vorher in sein Mund gestopft.

Danach hielt ich ihm das Messer vor seine Augen und zeigte ihm wie scharf ich es geschliffen hatte.

Danach begab ich mich langsam hinter sein Rücken und blieb hinter seinem nackten Oberkörper eine kurze Weile stehen.

Ich sagte ihm, wieso ich das mit ihm mache und sprach von seinen grausamen Videos und Bildern, die er so fröhlich in den Sozialen Medien hochgeladen und veröffentlicht hatte.

Dann machte ich ihm klar, dass ihm nun das gleiche Schicksal widerfahren würde.

Er gab komische Töne von sich und zappelte in der Luft herum, aber es half nichts.

Wie eine Spinne hielt ich ihn in meinem Netzt gefangen und es gab für ihn kein Entkommen.

Nachdem ich ihn fertig aufgeklärt hatte, stach ich mein Messer in sein Rücken und fing an ihn aufzuschneiden.

Ich muss erwähnen, dass mit meinen Kunstwerken immer besser wurde.

Denn am Ende wirkte es so, als würde sich tatsächlich ein Adler in der Lagerhalle befinden.

Vielleicht wären die Wikinger stolz auf meine Arbeit gewesen.

Nun ja, das werde ich ja wohl nie erfahren.

So wie sonst auch, packte ich mein Zeug zusammen und machte mich auf den Weg nach Hause.

JAGD NR. 8:

Meine nächste Beute auf der Liste war ein verfluchter Rassist.
Rassisten gehören zu den größten Parasiten, die je auf diesem
Planeten existiert haben.
Sie sind wahrhaftige Parasiten, weil sie die gesamte Welt mit
ihrem Hass und ihrer Hetze verseuchen.
Sie stiften nichts als Unruhe und Chaos. Sie provozieren
ständig und sorgen dafür, dass sich andere Menschen unwohl
fühlen.
Rassisten sind abscheuliche, wiederwertige und nutzlose
Kreaturen unserer Gesellschaft, die man wie Fäkalien einfach
das Klo herunterspülen und anschließend noch den Klodeckel
herunterklappen sollte.
Nur um sicher zu gehen, dass dieser Abschaum auch tatsächlich in der Kanalisation vor sich hin verwest.
Einige Rassisten sind sogar verdammte Heuchler. Heuchler die
über die Ausländer herziehen, aber sich von ausländischen
Speisen ernähren, ihre Kleidungen tragen, ihre Technologie
benützen, ihre Autos fahren, hin und wieder ausländische
Partnerinnen oder Partner wählen, und so weiter und so fort.
Die Liste ist unendlich.
Sie verhalten sich zudem auch im Gegenwart von Ausländern
freundlich und lachen ihnen ins Gesicht, obwohl sie hinter
deren Rücken schlecht über sie reden und sie eigentlich hassen.
Doch sie haben eben die Eier einfach nicht dazu, sich im
Gegenwart der Ausländer zu outen. Sie sind viel zu feige dazu.
Und wenn, dann machen sie das, wenn sie sich in einer Gruppe
befinden. Nur dann trauen sie sich zu bellen wie die elendigen
Hunde, die sie eigentlich sind.
Und sie haben auch genauso wenig Eier dafür, dass sie zu ihren
Verbrechen stehen. Sie halten sich lieber im Verborgenen um
ja nicht erkannt beziehungsweise nicht erwischt zu werden.
Denn sie haben Angst, dass sie irgendwann dafür eine auf ihre

verdammte Schnauze bekommen könnten.

Dieser elendiger Abschaum.

Selbst die Pädophilen Bastarde und die Tierquäler haben mehr Eier und trauen sich ihre Taten öffentlich zur Schau zu stellen und stehen auch dazu.

Allesamt grindige und beschissene Ungustl diese Kreaturen.

Nun ja.

Ich hatte mich also diesmal auf die Jagd nach einem dieser rassistischen Arschlöcher gemacht.

Er war ein Mann in den mittleren Vierzigern und stammte ursprünglich aus Wien.

Wir kannten uns von meinem ehemaligen Arbeitsplatz. Er war leider mein Chef und hatte sich bei jeder Gelegenheit abfällig und unangebracht über die Bürgerinnen und Bürger dieser Stadt, aber auch über sein eigenes Personal, die ein Migrationshintergrund hatten, geäußert.

Auch gegen ihre Religionen hatte er ständig etwas schwer beleidigendes zum Ausdruck gebracht.

Er liebte es sein Personal zu schikanieren und vor allen anderen bloß zu stellen. Er verhielt sich ihnen gegenüber immer unfair und bevorzugte sein einheimisches Personal. Die ausländischen waren immer im Nachteil ihnen gegenüber.

Doch sie konnten sich nie wirklich durchsetzen oder sich gegen die Ungerechtigkeiten, die ihnen nicht erspart blieben, wehren, weil sie alle schlechte oder gar keine Deutschkenntnisse hatten.

Die wenigsten unter ihnen kannten nicht einmal ihre Rechte.

Sie wurden sehr oft beleidigt und gemobbt. Und es waren immer sie, die Überstunden machen mussten. Einheimischen war das erspart geblieben.

Es herrschte einfach eine unmenschliche Arbeitsatmosphäre dort.

Ich hatte zwar schon vor Jahren aufgehört in diesem verfluchten Unternehmen zu arbeiten, aber fand heraus, dass er immer noch im selben Unternehmen beschäftigt gewesen war und, dass er immer noch sein Personal auf übelste Art und Weise schikanierte und beschimpfte.

Er war schon immer ein Ausbeuter gewesen, der sein Personal ausnützte und sie nie gerechtfertigt behandelte.

Er war ein richtiger Dreckskerl von einem Chef gewesen.

Dieser Bastard war mir eingefallen, weil ich vor einiger Zeit, während ich auf dem Weg zum Supermarkt war, auf der Straße mitbekommen hatte, wie eine alte Dame sich gegenüber den Flüchtlingen, die die Stadt Wien aufgenommen hatte, aufgeregt hatte. Sie unterhielt sich dabei mit ihrem Ehegatten und bildete ihre Sätze fast ausschließlich aus üblen und abfälligen Begriffen.

Da fiel mir mein rassistischer Arbeitgeber von damals ein.

Doch die Begriffe, die er stets verwendete und die Sätze, die er aus ihnen formte, waren weitaus schlimmer und abfälliger als die von der Greisin.

Ich war der Meinung, dass auch Rassisten ihre Rechnungen zu zahlen hatten und beschloss an diesem Tag auch auf sie Jagd zu machen.

Und so ich fing mit meinem ehemaligen Chef an.

Erneut hatte ich mich mit meinem falschen Social Media Konto im Netz herumgetrieben und forschte in den sozialen Medien die Konten von ihm aus.

Als ich fündig wurde, stellte ich sofort fest, dass er, immer noch der alte beschissene Bastard gewesen war, der er schon immer gewesen war.

Aus seinen geteilten Beiträgen konnte ich sehen, dass er sich über diverse außenpolitische Themen und sich auch genau wie das alte verrunzelte Ehepaar über die Flüchtlingswelle aufregte und jede Menge Seiten und Gruppen folgte, die rechts waren.

Er vertrat, genau so wie seinesgleichen, auch die Meinung, dass Ausländer in seinem Land nichts verloren hätten und sich gefälligst wieder zurück in ihre Höhlen in ihren Heimatländern verkriechen sollen.

Und das alles von einem Mann, von dessen Personal die Hälfte aus dem Ausland stammte und für ein Hungerlohn hart schuftete, damit er sein beschissenes Range Rover fahren und sich sein Haus am See leisten konnte.

Ungustl vom Feinsten also.

In seinem Haus am See lebte seine Familie. Er hatte eine Frau und zwei Töchter.

Er besuchte sie jedes Wochenende, weil sich das Haus außerhalb von Wien befand. Unter der Woche wohnte er alleine in seiner Wohnung im siebten Wiener Gemeindebezirk.

Und natürlich beschloss ich ihn in seiner Wohnung mit einem unangekündigten Besuch zu überraschen.

Er fuhr immer um 17.00 Uhr von der Arbeit nach Hause.

Ich wartete bereits vor seiner Wohnung in meinem Auto auf ihn.

Der Mistkerl traf gegen 17.30 Uhr vor seiner Wohnung ein und fuhr mit seinem Range Rover in die Tiefgarage hinein.

Ich stieg aus und trat ganz normal durch die Haustür in das Gebäude hinein.

Ich hatte mir lange davor einen Postlerschlüssel, auch Z-Schlüssel oder BG-Schlüssel genannt, besorgt mit dem ich in sämtliche Gebäuden problemlos eintreten konnte.

Er wohnte im vierten Stockwerk. Ich verzichtete auf den Aufzug und nahm lieber die Treppe hinauf.

Ich war etwa zwei Minuten vor ihm oben und wartete bis auch er seinen rassistischen Hintern hinauf in das vierte Stockwerk begeben hatte.

Die Aufzugstüren öffneten sich und er trat aus ihr hinaus. Noch hatte er mich nicht gesehen, weil ich mich hinter der Wand bei den Stufen versteckt gehalten hatte.

Und sobald er die Tür zu seiner Wohnung aufgesperrt hatte, überrannte ich ihn in Windeseile.

Dieser verdammter Bastard wusste nicht was mit ihm geschieht und bekam sofort Panik.

Als er mich dann gesehen hatte, erkannte er mich sofort und fing auf der Stelle an mich zu beschimpfen. Er verwendete dabei, wie ich es von ihm gewohnt gewesen war, äußert üble rassistische Ausdrücke.

Ich werde seinen beschissenen Gesichtsausdruck nicht vergessen, den er machte als ich ihm meine Waffe mit einem Stoßdämpfer dran vor seinen verdammten Schädel hielt.

Sein elendiges Geschimpfe verwandelte sich auf der Stelle in ein noch elendigeres Gestotter.

Ohne ein Wort zu diesem Bastard zu sagen, drückte ich den Abzug und verteilte sein Gehirn im gesamten Wohnzimmer.

Danach verließ ich seine Wohnung als wäre überhaupt nichts geschehen und fuhr zurück nach Hause um mir eine Villiger Premium No. 9 Sumatra anzuzünden und dazu ein Glas doppelten von meinem Wild Turkey einzuschenken.

Und noch in der selben Nacht fuhr ich bei dem alten Ehepaar vorbei und schickte auch sie mit jeweils einem Kopfschuss vorzeitig ins Jenseits.

So war es also. Eine Ironie des Schicksals.

Ausländerfeindlicher Abschaum ausgerechnet von einem Ausländer beseitigt.

Ich bin zwar in Wien geboren und aufgewachsen, doch auch ich wurde oft mit Rassismus in Konfrontation gebracht. Daher gelte ich für die meisten hier als Ausländer und bin nicht mehr wert als die, die später herkommen um ein neues Leben zu beginnen.

Daher kann ich aus eigener Erfahrung berichten, dass das keine angenehme Sache für einen Menschen ist.

Natürlich sind nicht alle ausländischen Bürgerinnen und Bürger in Ordnung und verhalten sich angemessen, aber man darf nicht alle in den selben Topf hineinwerfen. Es gibt die Guten und es gibt die Schlechten. So ist es überall. Nur weil einer von ihnen sich daneben benommen hat, muss man dafür nicht alle hassen.

Diese Rassisten sollten eines nicht vergessen. Weder sie noch ihr eigenes Volk ist perfekt. Auch unter ihnen befinden sich schwarze Schafe. Schwarze Schafe, die von einer Bestie wie mir gejagt und zerfleischt werden.

Seit jenem Tag also, jage ich auch Rassisten und befördere sie mit einem Erste Klasse Ticket zur Hölle.

Diese Bastarde haben das mit der freien Meinungsäußerung beziehungsweise die Meinungsfreiheit falsch verstanden.

Sie konnten und können nichts als schikanieren, provozieren, hetzen, mobben, beschimpfen, Unruhe stiften, sich Ungerecht verhalten, anpöbeln und, und, und.

All das hat meiner Meinung nach mit Meinungsfreiheit nichts zu tun.

Das waren alles einfach nur dumme und unnötige Parasiten. Wertloses Gesindel. Einfach nur Abschaum.

Ich hatte einmal irgendwo folgendes gelesen.

Nämlich, dass das Volk von den Machthabern erfolgreich ge-spalten worden ist.

Und, dass die Begriffe „Rechts oder Links zu sein" in die Köpfe hinein gehämmert wurden, damit wir niemals mehr eine Einheit zustande bekommen. Solange wir uns also gegenseitig bekämpfen, können die Machthaber mit uns machen, was sie wollen.

Dieser rassistischer Abschaum scheint darauf hereingefallen zu sein beziehungsweise sie waren viel zu dumm um selber denken zu können, welches Verhalten richtig und welches falsch ist.

Wir können also nur dann gegen diese sogenannten Machthaber und damit gegen die eigentlichen Drahtzieher vorgehen und dafür kämpfen, dass wir alle in Ruhe und Frieden miteinander leben, wenn wir uns gemeinsam gegen die erheben, die uns spalten und uns gegenseitig zu Feinden machen wollen.

Doch bevor das geschehen kann, muss das Volk aufwachen und anfangen selbstständig zu denken.

Sie müssen gegen die Kontrolle, gegen die Überwachung und gegen das unmenschliche Verhalten vorgehen.

Solange dies nicht der Fall ist, werde ich meine Jagd fortsetzen.

JAGD NR. 9:

Mein Kumpel, dem ich all meine Schusswaffen und noch
vieles mehr zu verdanken habe, hatte mir eines Tages die
dunklen und abscheulichen Seiten des Internets gezeigt.
Sie werden bezeichnet als „Dark Web" und als „Deep Web".
Hinter diesen dunklen Toren des Internets, verbergen sich
sowohl geheime und sehr vertrauliche Informationen und
Material als auch sehr viele abscheuliche und illegale Geschäfte.
Nicht jeder kann auf sie zugreifen. Ich kann mich zwar nicht
mehr genau an alle Einzelheiten erinnern, die mir mein Kumpel
verraten hatte, aber ich weiß noch, dass er sagte, dass man dafür einen bestimmten Browser oder so etwas in der Art be-
nötigt um Zugang in diese Drecckslöcher des Internets bekommen zu können.
Viele sollen ja nicht einmal wissen, dass es so etwas im
Internet überhaupt gibt.
Das ist auch gut so.
Denn ich habe darin sehr kranke und perverse Aufzeichnungen
gesehen, die bei den meisten Menschen definitiv für sehr lange
schlaflose Nächte sorgen und sie vielleicht sogar deswegen
psychisch behandelt werden müssten.
Es war einfach alles vorhanden.
Hinrichtungen und sonstige unmenschliche Ermordungen, Ver-
gewaltigungen, Entführungen, Organhandel, Kannibale, Auf-
tragsmörder, weitaus schlimmere Tierquäler als ich sie bis dahin gekannt hatte, genauso auch die Pädophilen waren viel abartiger und dämonischer, als die, die ich bisher gejagt hatte.
Und viele weitere kranke, perverse, wiederwertige und unvor-
stellbar schlimme Dinge, wurden dort denen vorgeführt, die
sich daran aufgeilen und Freude beim Zuschauen empfinden.
Einfach nur kranke und perverse Psychopathen alle miteinander.

Schon nach wenigen Sekunden kam in mir eine so derartige Wut hoch, dass sämtliche aktive Vulkane auf der Welt ein Witz dagegen wären.

Am liebsten würde ich mich direkt in den Computer hineinbeamen und all diese verfluchten Bastarde auf der Stelle umbringen.

Wenn es doch nur so einfach werden könnte.

Ich konnte mich zwar nicht in den Computer hineinbeamen, aber ich könnte mir sehr wohl eine Liste darüber machen, wem von diesen abscheulichen Bastarden ich nach der Reihe eine Kugel in den Kopf jagen würde.

Und so hatte ich es auch schließlich getan.

Natürlich hatte ich dabei mit denen zuerst angefangen, die sich in Wien und in dessen Umgebung befunden hatten.

Man wird es mir vielleicht nicht glauben, aber das Ergebnis war schockierend.

Denn es befanden sich weitaus genug kranke Bastarde, allein nur in Wien, die ihre psychopathischen Bedürfnisse im dunklen Hintergrund des Internets auslebten und sowohl sich selbst als auch ihren Zuseherinnen und Zusehern dadurch abscheuliche Orgasmen verschafften.

Was für ein ekelhaftes Pack. Was für kranke Kreaturen.

Sie gehörten alle, so schnell wie möglich, aus dieser Welt weggeschafft.

Ganz dringend.

Die ersten auf meiner Liste gehörten wohl zu den vollkommen beschissensten Eltern auf dieser gottverdammten Welt.

Sie waren ein junges Ehepaar, in den mittleren Dreißigern, und hatten gemeinsam ein einjähriges Kind. Zum Glück hatten diese Kreaturen keine weiteren Kinder.

Er stammte ursprünglich aus Deutschland und sie war gebürtige Wienerin.

Sie waren schon länger auf diesen dunklen Seiten unterwegs und hatten auch bereits einen gewissen Bekanntheitsgrad bei ihrer Community erlangt.

Sie hatten bereits unzählige Videos veröffentlicht, in denen zusehen war, wie sie ihre einjährige Tochter sexuell missbrauchen und dabei noch lachten und Spaß hatten.

Ich möchte jetzt hier nicht auf weiter Details eingehen. Es ist einfach zu abscheulich und krank.

Ich möchte nur erwähnen, dass sie nicht mehr lachen und auch nie wieder lachen werden.

Denn, sobald ich die Höhle dieser Kreaturen ausfindig gemacht hatte, hatte ich mich umgehend auf deren Jagd begeben.

Das gelang mir mit der Hilfe eines weiteren Freundes, der mich in dieser Sache unterstützt. Er ist ein ehemaliger IT-Techniker und hat sich voll und ganz unserem Projekt gewidmet.

Beim Herausfinden von IP-Adressen und beim Hacken in sämtliche Computer, ist er der Beste. Zumindest kannte ich niemanden vor ihm, der auch all das drauf hatte.

Ich hatte es zum ersten Mal bei ihm gesehen und war sofort von seinen Fähigkeiten überzeugt gewesen.

Jedenfalls hatte er mir auch, während meiner gesamten Jagd im Dark- und Deep Web, sehr geholfen und konnte sämtliche Kreaturen ausfindig machen, die anschließend von mir direkt in das Flammenmeer befördert wurden.

So wussten wir auch, wer diese Psycho-Eltern sind, was sie machen und wo sie wohnen. Wir hatten einfach alles von ihnen und wussten auch alles über sie.

Telefonnummer, Kredit- und Bankomatkartendaten, Versicherungsnummern, Firmenadresse, Wohnanschrift und vieles mehr.

Mich interessierte nur ihre Wohnanschrift. Alles andere war mir egal gewesen.

Und nachdem mein zweiter Kumpel, in rekordverdächtiger Geschwindigkeit, die Adresse herausgefunden hatte, machte ich mich ebenso in rekordverdächtiger Geschwindigkeit sofort auf den Weg dorthin.

Alles was ich dabei hatte waren ein USB-Stick, meine zwei Beretta's 92X und zwei volle Magazine.

Eine für jeden von ihnen.

Sie lebten in einer Eigentumswohnung. Das war auch kein Wunder, da sie beide zusammen ein sehr gutes Einkommen hatten.

Sie besaß ein Kaffeehaus im dritten Wiener Gemeindebezirk und er war Kinderarzt.

Ich möchte gar nicht wissen, wieviele Kinder noch zu seinen Missbrauchsopfern zählen.

Alles was ich weiß ist, dass er keinem Kind mehr etwas antun werden wird.

Es war dunkel als ich mein Auto vor ihrem Wohngebäude ab-gestellt und ausgestiegen war.

Nach Außen hin wirkte ich zwar gelassen und locker, aber innen drinnen, kochte ich vor Wut und konnte jeden Moment wie eine Ladung Dynamit explodieren.

Mich zu beherrschen, fiel mir in diesem Moment nicht leicht.

Als ich direkt vor ihrer Wohnungstür gestanden war, verwandelte ich mich schlagartig ein eine wilde Bestie.

Ich trat die Tür auf und stürzte mit angezogener Schusswaffe in die Wohnung des Psycho-Paares hinein.

Und ich kam gerade noch rechtzeitig.

Denn sie waren gerade wieder dabei gewesen, sich auf ihre nächste Aufnahme vorzubereiten.

Als ich sie so gesehen hatte, sah ich einfach nur noch schwarz.

Ohne Zeit zu verschwenden, richtete ich meine Beretta's auf die beiden Kreaturen und entleerte meine beiden Magazine.

Ihre verfluchten Körper wurden dabei ordentlich durchlöchert, sodass nur noch Reste von ihren Gehirnen und sonstiges Gewebe sowie Hautfetzen in ihrer eigenen Blutlache herumschwammen.

Neugierige und verängstigte Nachbarn, hatten bereits mitbekommen, was passiert war und ich war mich auch sicher, dass einer von ihnen bereits die Polizei verständigt hatte.

Ich schnappte mir das vor lauter Weinen rot angelaufenes Baby und übergab es, zusammen mit dem USB-Stick, einer älteren Nachbarin.

Ich bat sie darum, den USB-Stick, der Polizei zu übergeben und verschwand sofort von der Bildfläche.

Da ich mir, noch bevor ich mein Auto verlassen hatte, eine Sturmmaske aufgesetzt hatte, konnte ich mein Gesicht vor ihr und auch vor allen anderen wahren.

Nichts geht eben über einen sehr gut durchdachten Plan.

In dem USB-Stick waren nämlich all die abscheulichen Aufnahmen und die schrecklichen Taten von ihnen drauf gespeichert, die mein Hacker-Kumpel speziell für die Polizei vorbereitet hatte.

Somit konnte ich die ersten aus meiner Liste durchstreichen und mich auf die nächsten konzentrieren.

Diesmal sollte ich Jagd auf einen machen, der seine weiblichen Opfer mit K.O.-Tropfen betäubt und sie anschließend vor laufender Kamera vergewaltigt.

Und er stammte ausgerechnet auch aus der Türkei.

JAGD NR. 10:

Wie ich bereits erwähnt hatte, handelte es sich bei meiner nächsten Beute um einen Landsmann von mir.

Diese Tatsache machte mich nur umso wütender.

Ausgerechnet ein Türke musste auch unbedingt zu den Kreaturen gehören, die ich Tag für Tag jagte und zur Hölle schickte.

Dann sollte es eben so sein.

Ich würde diesem Bastard schon auch noch eine Kugel durch sein Kopf jagen.

Wir fanden heraus, dass er als Kellner in einem türkischen Restaurant im fünfzehnten Wiener Gemeindebezirk arbeitete.

Genau wie ich es bereits bei dem verfluchten Araber getan hatte, besuchte ich ihn auch als anonymer Gast an seinem Arbeitsplatz.

Ich konnte beobachten, dass er ein eloquenter junger Mann gewesen war, der so ziemlich mit allen Frauen flirtete.

Und es schien ihnen auch zu gefallen, da sich niemand beschwerte und sie alle herzhaft lachten.

Ich wurde sogar Zeuge davon, wie geschickt er ihre Telefonnummern und sonstigen Kontaktdaten erlangte.

Da wurde es mir klar, dass er ein Meister seines Werkes gewesen war.

Doch das war ich auch.

Zwar nicht im Flirten, aber beim Jagen von Kreaturen wie er es gewesen war.

Ich erinnerte mich an die Videos, die er auf diesen dunklen Seiten veröffentlicht hatte und dabei zu sehen war, wie er all die armen und ahnungslosen Frauen anlockte, mit ihnen lachte, ihnen Drinks mit K.O.-Tropfen einschenkte und anschließend damit betäubte und vergewaltigte.

Das alles hielt er in sämtlichen seinen Videos fest.

Er hatte alles Schritt für Schritt aufgenommen und seiner

kranken Community präsentiert.

Am Anfang seiner Videos hatte er auch immer wieder zum Ausdruck gebracht, dass sie für ihn nichts als Objekte waren, die man benützen und dann entsorgen sollte. Und auch weitere abfällige Sprüche über sie brachte er zum Ausdruck.

Es war einfach sowohl ekelerregend ihm zuzuhören als auch ihm zuzusehen.

Er lockte sie in sein Versteck, von dem alle Frauen wahrscheinlich dachten, es würde sich um seine Wohnung handeln. Dabei war es ein kleiner Kellerabteil an einem abgeschiedenen Ort.

Er holte sie ab, fuhr sie hin, lachte und scherzte mit ihnen, betäubte sie, vergewaltigte sie und hielt sie für einige Tage dort gefangen bis er irgendwann genug von ihnen hatte.

Dann verständigte er irgendeinen Typen, der kam und sie abholte.

Wir wussten nicht, wer dieser Typ gewesen war und wohin er die Frauen alle gebracht hatte, da dieser Bastard nichts davon erzählt hatte.

Doch später erfuhren wir, dass es sich um einen Rumänen gehandelt hatte, der die Frauen, die man bereits als vermisst gemeldet, aber nie gefunden hatte, sowohl in den Osten als auch irgendwo in den Balkan verschleppt hatte, damit sie dort als Prostituierte arbeiten und viel Geld einbringen konnten.

Sie gaben ihnen neue Identitäten und stopften sie mit Drogen und Beruhigungsmitteln voll. Sie zwangen sie zu lügen und das zu tun, was sie von ihnen verlangten.

Natürlich hatten meine beiden Kumpels und ich dafür gesorgt, dass auch der Rumäne und sein gesamtes Gesindel an Schleppern auch aufflogen, aber dazu komme ich dann noch später zurück.

Jetzt möchte ich noch erzählen, wie ich diesem Bastard, der die

K.O.-Tropfen verabreichte, das Handwerk gelegt habe.
Da wir auch seine IP-Adresse ausfindig machen konnten, fuhr
ich sofort an diesen abgeschiedenen Ort, der sich in Laa an der
Thaya befand und in der er sich aufgehalten hatte um seine
schrecklichen Taten vollbringen zu können.
Ich fuhr also zu diesem Ort des Schreckens und stattete ihm
einen unerfreulichen und unerwarteten Besuch ab.
Ich hatte extra darauf gewartet bis sein Schlepper-Freund auch
auftaucht, sodass ich gleich beide erwischen kann.
Also war ich an diesem Tag gefahren, an dem er die nächste
Frau abholen sollte.
Doch dazu kam es nicht.
Ich marschierte in den Kellerabteil hinein und stand diesem
Arschloch direkt gegenüber. Noch bevor er nach seiner Waffe
greifen konnte, ließ ich einer meiner Kugeln in seinem ver-
dammten Schädel verschwinden.
Hinterher befreite ich sein jüngstes Opfer und die vollkommen
erschrocken gewesen war. Sie konnte nicht aufhören zu
weinen.
Ich hatte versucht und es dann auch irgendwie geschafft sie zu
beruhigen und zu bitten in meinem Auto auf mich zu warten.
Währenddessen wartete ich auf den Schlepper, der sie abholen
sollte.
Sie war in den Ende Zwanzigern und kam aus Ungarn.
Sie war total fertig und kam selbstverständlich mit der Ge-
samtsituation nicht klar.
Ich versprach ihr, dass ich noch Hilfe für sie holen würde, aber
vorher noch etwas zu erledigen hatte.
Und wartete so auf mein zweites Opfer in jenem Abend.
Es verging knapp eine viertel Stunde und er war endlich ange-
kommen.
Als er den Kellerabteil betrat stockte ihm sofort der Atem als er

mich vor sich stehen und sein Freund auf dem Boden liegen sah. Mit einem großen Loch in seinem Schädel.

Auch er versuchte sofort zu reagieren, aber es war zwecklos gewesen.

Ich jagte auch ihm eine Kugel in den Kopf und ließ ihn an Ort und Stelle verrecken.

Auch in diesem Fall hatte ich einen vorbereiteten USB-Stick mit sämtlichen Aufnahmen mitgenommen, auf denen sie und ihre wiederwertigen Geschäfte und Handlungen zu sehen waren.

Darin waren auch alle Orte aufgelistet gewesen, wo die Schlepperbande überall operiert hatte und sich auch all die anderen entführten und zur Prostitution gezwungenen Frauen befanden.

Ich hatte die junge ungarische Frau, der ich ein schreckliches Schicksal erspart hatte, auf die Polizei zu warten und ihnen den USB-Stick zu übergeben.

Auch während dieser Aktion, hatte ich die ganze Zeit über eine Sturmmaske getragen.

Sie willigte ein und wartete hinterher auf die Ankunft der örtlichen Polizei.

Ich fuhr wieder davon.

Nach nur wenigen Tagen erfuhren meine Kumpels und ich in den Medien, dass der österreichischen Polizei gelungen war, zusammen mit den jeweiligen ausländischen Behörden, sämtliche Schlepperbanden und Prostitutionsringe durch eine Großrazzia auffliegen zu lassen und alle Beteiligten zu verhaften.

Dadurch hatten sie sämtliche Frauen, die gegen ihren Willen, darunter auch die aus Österreich, festgehalten wurden, befreit und nach Hause zurückgebracht.

Diese erfolgreich durchgeführte Aktion wurde eine weltweite

Sensation.

Meine Kumpels und ich waren zwar froh darüber, aber so wirklich entspannen, konnten wir uns noch lange nicht.

Denn die Liste war noch sehr lang und von diesen Kreaturen gab es noch viel mehr und zum Teil sogar weitaus schlimmere da draußen.

Wir waren noch lange nicht fertig.

Ganz im Gegenteil.

Wir hatten erst so richtig angefangen.

Es gibt noch viele weitere Aktionen, die ich mit der Hilfe von meinen beiden Freunden durchgeführt und erfolgreich abgeschlossen habe.

Es gab sogar einige Fälle, bei denen ich mir ernsthafte Verletzungen zugezogen hatte, die mich für einige Tage außer Gefecht gesetzt hatten.

Genauso wäre ich bei anderen Aktionen beinahe tödlich verunglückt, aber ich hatte es dann am Ende doch noch irgendwie geschafft die Missionen lebendig zu beenden.

Mittlerweile sind wir viel aktiver und erfahrener darin und lernen bei jeder weiteren Jagd etwas Neues und Nützliches dazu.

Auch wenn wir das Anfangs im Verborgenen gemacht hatten, war uns klar, dass wir uns und unsere Taten nicht immer und ewig verstecken können.

Wir wussten schon immer, dass die Welt früher oder später von uns beziehungsweise von mir hören würde. Denn ich war und bin immer noch der Einzige, der alleine auf die Jagd geht und sämtliche Bastarde zur Hölle transportiert.

Aber jetzt, durch meine Erzählungen hier, soll die Welt auch von den zwei anderen Helden erfahren, die mich all die Zeit lang unterstützt und mir geholfen haben.

Auch sie verdienen diese Anerkennung, die einige Menschen mir entgegenbringen.

Doch wir machen das nicht für irgendwelche Anerkennungen oder Auszeichnungen.

Wir machen das, weil wir das für das Richtige halten.

Irgendwer muss all dem ein Ende setzen.

Irgendjemand muss diesen Kreaturen zeigen, dass sie mit ihren scheußlichen Taten nicht weitermachen dürfen.

Und solange es diese Kreaturen auf dieser Welt geben wird, solange wird es uns geben.

Ich habe mir durch meine Einsätze sowohl Anhänger als auch Feinde geschaffen.

Doch das alles interessiert mich nicht.

Was mich und auch meine beiden Kumpels interessiert ist, dass all diese Bastarde, dass all diese Kreaturen sich für immer und ewig in der Hölle aufhalten.

Und dafür werde ich sorgen.

Gemeinsam mit meinen beiden Kumpanen.

Was ich noch zum Abschluss erwähnen möchte.

Es war schon immer so, dass ich auf meiner Brust ständig ernsthaften Druck und Schmerz verspürt hatte.
Ich dachte immer, dass ich vielleicht irgendwelche Herzprobleme hätte.
Daher ging ich, mit der Zeit, sehr oft zu verschiedenen praktischen Ärzten um mich abchecken zu lassen.
Es war jedes Mal die selbe Prozedur.
Sie alle kontrollierten mich und führten einige medizinische Tests durch.
Doch das Ergebnis war immer das selbe.
Sie konnten nichts finden. Sie hatten keine Idee, woher meine Schmerzen, woher dieser starker Druck auf meiner Brust stammen könnte. Sie hatten keine Ahnung, was das verursachen könnte.
Alles was ich von ihnen zu hören bekam, war, dass meine Gesundheit vergleichbar wäre mit die eines Profisportlers. Dass ich sehr fit sei. Dass meine Arterien, meine Lungen, Mein Herz und sonstige Organe in Ordnung seien. Alles ist sauber und in Ordnung.
Sie fügten noch hinzu, dass meine Beschwerden von Stress und sonstigen psychischen Problemen oder durch viel Arbeit verursacht werden könnten.
Doch ich wusste ganz genau, dass all das nicht der Grund dafür sein konnte.
Daher nahm ich ihre Diagnosen nicht so ernst. Schließlich haben sie nicht herausfinden können, woher meine Schmerzen und all der Druck kommen könnte.
Doch, nach einer Weile, fand ich selber heraus, woher die Schmerzen gekommen waren.
Was sie verursacht hatte.

Denn mir wurde klar, dass die Schmerzen nur daher kamen, weil auf der Welt zu viel Elend und Leid herrscht. Weil das Böse die Welt regiert und das Gute unterdrückt wird. Weil vielen unschuldigen Menschen, darunter den Alten, den Kindern und auch den Tieren Ungerechtigkeit widerfährt und sie große Schmerzen erleiden müssen.

Mir wurde klar, dass ich mit ihnen leide. Dass diese Schmerzen, die ich verspürte, eigentlich ihre Schmerzen gewesen waren. Denn jedes Mal, wenn ich hörte oder sah, dass jemand ungerecht behandelt wird, dass jemand misshandelt wird, dass ich sofort ihre Schmerzen in mir drinnen fühlen kann.

All die Ungerechtigkeit, die ihnen widerfährt. All die Schmerzen, die ihnen zugefügt werden. All das Leid, dass sie ertragen und über sich ergehen lassen müssen.

All das lässt mich nicht in Ruhe leben. All das drängt mich dazu, etwas dagegen zu unternehmen.

Und mit dem Bösen und der Ungerechtigkeit, die täglich zunehmen, nehmen meine Schmerzen auch immer zu.

Daher muss ich sie bekämpfen und sie vernichten. Damit ich endlich zur Ruhe komme. Damit ich endlich weder Schmerzen noch Druck verspüre. Damit die Unschuldigen endlich in Ruhe gelassen werden und aufatmen können. Damit das Böse und die damit verbundene Ungerechtigkeit nicht weiter wachsen können. Damit sie ein für alle mal aus dieser Welt ver-schwinden können.

Deswegen muss ich weitermachen und die Unterdrückten, die Unschuldigen beschützen.

Ich denke, es ist meine Bestimmung. Ich denke, dass ich nur deswegen auf diese Welt gesandt worden bin.

Damit ich das Böse bekämpfen kann. Damit ich den Armen und Unschuldigen eine Hoffnung geben kann. Ihnen zeigen kann, dass es jemanden da draußen gibt, der die Bösen jagt und sie zur Strecke bringt. Dass jemand da draußen existiert, der all diese Kreaturen und den gesamten Abschaum bekämpft. Damit sie sehen können, dass sie nicht alleine sind. Damit sie sehen, dass sie nicht auf sich selbst gestellt sind.

Damit sie wissen, dass die Welt nicht nur den Bösen gehört.

Ich bin hier und ich werde auch weiterhin hier sein, solange es diejenigen gibt, die Böses verbreiten.

Die Verbrechen, welcher Art auch immer, begehen.

All die jenen, die denken, sie könnten über andere bestimmen und sie unterdrücken. All die Vergewaltiger und Frauenschläger. All die Pädophilen und sonstige Kinderschänder. All die Sadisten und Mörder. All die Tierquäler und Naturzerstörer. All die Psychopathen und kranken Bastarde. All die Kannibalen und all die Rassisten.

Ihr solltet euch alle in Acht nehmen!

Denn ich werde Jagd auf euch alle machen.

Ich werde euch finden und ich werde euch vernichten.

Es gibt kein Entkommen für euch.

Ich bin der Jäger, der im Dunkeln auf seine Beute lauert.

Ich bin die Bestie, die euch alle zerfleischt.

Ich bin der, der euch das Fürchten lehrt.

Ich bin der Albtraum, der euch schlaflose Nächte beschert.

Ich bin die Stimme der Stummen.

Ich bin der Beauftragter der Toten.

Ich bin der Rächer der Unterdrückten.

Ich bin...KEREM TOPRAK.

ENDE

NACHWORT DES AUTORS

Es müsste jedem hoffentlich klar sein, dass all die Erzählungen und die darin vorkommenden Charaktere von mir frei erfunden wurden und nichts davon der Wahrheit entspricht.
Jetzt wo ich diesen Satz auf meinem Laptop getippt habe, kam ich mir vor wie Jonathan Frakes in X-Factor: Das Unfassbare. Einer meiner Lieblingssendungen nebenbei bemerkt.
Nun gut, zurück zum Wesentlichen.
Damit möchte ich nur sagen, dass niemand auf die Idee kommen sollte Selbstjustiz oder dergleichen auszuüben. Die Leserinnen und Leser sollen meine Geschichten lesen und sich von ihnen verleiten lassen, aber sie sollen sich nicht von ihnen verführen lassen Fehler zu begehen, die sie im Nachhinein bereuen würden.
Geschichten, wie ich sie hier in diesem Buch geschrieben habe, aber auch viele weitere Bücher und Filme, in denen ähnliche Themen behandelt werden, sind rein fiktive und erfundene Geschichten, die die Menschen einfach nur unterhalten sollen.
Daher möchte ich erneut erwähnen, dass man sie auch als solche sehen und sie nicht in der realen Welt ausüben sollte.
Es mag sein, dass viele Menschen sich unfair und ungerecht anderen Menschen gegenüber verhalten, aber es ist nicht unsere Aufgabe dafür zu sorgen, die Dinge selbst, auf eigene Faust, ins rechte Licht zu rücken. Dafür gibt es diverse Rechtsordnungen und Rechtsorgane, deren Beruf es ist für Recht und Ordnung zu sorgen. Und genau an die sollte man sich auch wenden und das Unrecht von ihnen beseitigen lassen.
In diesem Sinne wünsche ich jedem eine gerechte Welt und ein zufriedenes Leben!

Akif Turan

WEITERE BÜCHER

- KARA KURT VE KIZIL SACLI KIZ – Märchen
- TOTE NACHT GESCHICHTEN – Gruselgeschichten
- DER ERLÖSER – Psychothriller
- SOPHIA'S RACHE – Horror
- REBELLION DER KINDER – Thriller
- HUNT THE DEAD – Horror-Thriller